天皇・親王の歌

Tenno Shinno no Uta

盛田帝子

コレクション日本歌人選077
Collected Works of Japanese Poets

笠間書院

『天皇・親王の歌』——目次

凡例

一、本書には、平安時代から現代までの天皇・親王の歌二十九首を載せた。

一、本書は、「解説　天皇の和歌概観」に記した通り、従来あまり顧みられていない江戸時代の天皇に比重を置いた。江戸時代以前については、江戸時代の天皇と関わりの深い天皇を選んだ。

一、本書は、次の項目からなる。「天皇（親王）名」「和歌本文」「出典」「口語訳」「閲歴」「鑑賞」「脚注」「略年譜」「解説　天皇の和歌概観」「読書案内」。

一、和歌本文は、それぞれの天皇・親王の和歌を載せる資料によったが、適宜漢字やルビをあてるなどして、読みやすくした。鑑賞中に引用した和歌についても同様である。ただし、「和歌本文」は歴史的仮名遣いで、「口語訳」と「鑑賞」に引用する和歌本文には現代仮名遣いでルビをあてた。

一、鑑賞は、基本的には一首につき見開き二ページを宛てたが、それを超えるものもある。

天皇・親王の歌

01

今朝《けさ》の朝《あさ》け鳴《な》くちふ鹿《しか》のそのこゑを聞《き》かずは行《ゆ》かじ夜《よ》は更《ふ》けぬとも

桓武《かんむ》天皇

【出典】日本後紀・巻七・延暦十七年八月十三日

今朝は朝方に泣くという鹿の声を聞かないではここを動かない、たとえ夜が更けても。

【閲歴】天平《てんぴょう》九年（737）、天智《てんじ》天皇の孫白壁王《しらかべおう》（光仁《こうじん》天皇）の長子として誕生。宝亀《ほうき》元年（770）八月四日、父の白壁王が皇太子になり、十月に即位したのに伴い、親王となり、同四年（773）正月二日、皇太子となった。天応《てんのう》元年（781）、天皇が病となり、四月三日、四十五歳で践祚《せんそ》、翌二年政局不安・疫病・凶作により、八月延暦《えんりゃく》と改元。延暦三年（784）長岡《ながおか》に遷都した。同四年（785）、藤原種継《ふじわらのたねつぐ》暗殺事件のため、皇太子早良《さわら》親王が廃される事件が起こる。皇太子は安殿《あで》親王（平城《へいぜい》天皇）となる。天皇は早良親王の怨霊を恐れ、延暦十二年（793）、平安遷都を決定し、翌年移った。延暦十六年（797）年以降、早良親王霊への鎮魂が度々行われ、同十九（799）年には、早良親王へ崇道《すどう》天皇の名を贈った。桓武天皇の大きな政策として、東北の鎮圧と平安京の造作があったが、国家の疲弊が甚だしく、延暦二十四年（805）には平安京造宮職《ぞうぐうしき》を廃し、坂上田村麻呂《さかのうえのたむらまろ》による蝦夷《えみし》征討も中止された。大同元（806）年三月十七日崩御《ほうぎょ》。七十歳。

延暦《えんりゃく》十七年（798）八月十三日、桓武《かんむ》天皇は北野に遊猟し、伊予親王《いよしんのう》の山荘に行幸《ぎょうこう》した。酒を楽しみ、日も暮れんとする時、天皇は、掲出歌を詠んだ。『日本後紀』の伝えるところによれば、天皇の御製に応えるかのように、鹿の鳴き声がした。天皇はよろこび、郡臣に、歌に和するように命じた。そして夜を冒《おか》してお帰りになったというのである。天皇の力強さや意志の固さの伝わってくる雄々しい歌であると言えよう。桓武天皇は狩猟を好み、二一年間に、一三二回に及ぶ鷹狩りを行っている。谷知子『天皇たちの和歌』（角川選書、二〇〇八年）によれば、これは平安京遷都と関係があるという。新しい土地での王者である桓武天皇は、鷹狩りというパフォーマンスにことよせ、自身の狩り姿をみせることによって、王者をアピールしたというのである。

ところで、この歌は上田秋成の『春雨物語』「血かたびら」に使われている。主人公は桓武天皇の後を継いだ平城《へいぜい》天皇である。桓武天皇が、平城天皇の弟である神野親王（のちの嵯峨《さが》天皇）を寵愛していたことに思いをいたした平城天皇は、弟への譲位を思い立ち、これを周囲に諮《はか》ったところ、大臣・参議は思いとどまるように進言した。ある時、平城天皇は、亡き父が、高らかに歌を詠まれるという夢を見た。それが掲出歌である。弱気（秋成は「善柔《ぜんじゅう》」という）の天皇は、鹿の声を、自身の譲位のことと考える。つまり、亡き父が、夢に現れ譲位をうながしたと解釈したのである。晩年、京の都に住みながら「血かたびら」を書き上げた秋成は、物語に緊迫感をみなぎらせるために、桓武天皇の御製を巧みに使用したのである。

桓武天皇の御製として伝わっているものには、他にも、延暦《えんりゃく》十五年（796）正月の曲宴《きょくえん》で詠まれたとされる和歌「今朝の朝け鳴くといひつるほととぎす今も鳴かぬか人の聞くべく」（今朝の朝方に鳴くと言っていたほととぎすは、今も鳴かないのか、人々はその声を聞こうとしているのに）（『類聚国史《るいじゅうこくし》』）や、延暦十六年（797）十月、同じく曲宴で、酒もたけなわのころ、「この頃の時雨の雨に菊の花ちりぞしぬべきあたらその香を」（このごろうち続く時雨に、菊の花もきっと散ってしまうに違いない。その香りがとても惜しまれる）（『類聚国史』）がある。素直な歌いぶりである。桓武天皇以来、江戸時代末にいたるまで、天皇の住処は、京都であり続け、宮廷を中心に雅びな文化がじっくりと醸成された。和歌はその代表的な文化のひとつである。

02

かくてこそみまくほしけれ万代《よろづよ》をかけてにほへる藤波《ふぢなみ》の花《はな》

醍醐《だいご》天皇

【出典】新古今和歌集・春下・163

このようにいつまでも眺めていたい。万代にわたって長い間美しく咲き誇っている藤の花を。

【閲歴】仁和《にんな》元年（885）正月、宇多《うだ》天皇第一皇子として誕生、寛平《かんぴょう》元年（889）親王宣下、同五年（893）立太子、同九年（897）七月、宇多天皇の譲位により践祚《せんそ》、即位。宇多天皇の与えた『御遺誡《ごゆいかい》』により、菅原道真《すがわらのみちざね》を重用したが、藤原時平《ときひら》の讒言《ざんげん》により道真は大宰権帥《だざいごんのそち》として左遷され、時平が天皇を補佐した。天皇の親政は、天皇の皇子である村上《むらかみ》天皇の親政とともに、後に「延喜《えんぎ》・天暦《てんりゃく》の治」として、公家たちによって理想の政治と仰がれた。天皇は班田《はんでん》の励行、新規勅旨田開発《しんきちょくしでんかいはつ》の禁止、院宮王臣家《いんぐうおうしんけ》による山野占有の停止などによって律令制の維持を図る一方、三善清行《みよしきよゆき》に政治上の意見を述べさせる（『意見封《いけんふう》事十二箇条《じじゅうにかじょう》』）など、広く政策への批判を受け入れた。国家的編纂事業として、宇多天皇の勅により開始されたが一時中断していたものを延喜元年（901）に完成させた『三代実録《さんだいじつろく》』、養老律令《ようろうりつりょう》の補充法典として延喜五年（905）に編纂が開始された『延喜格式《えんぎきゃくしき》』、延喜五年（905）、紀貫之《きのつらゆき》らに命じられた、わが国初の和歌勅撰集である『古今和歌集』の編纂などがある。延長《えんちょう》八年（930）九月病に倒れ、皇太子寛明《ゆたあきら》親王（朱雀《すざく》天皇）に譲位、同年九月二十九日崩御《ほうぎょ》した。

醍醐《だいご》天皇は、詩を好む天皇であり、皇太子時代の十歳の頃から詩宴を催したという。『本朝文粋《ほんちょうもんずい》』『和漢朗詠集《わかんろうえいしゅう》』らに御製が録される。和歌も好み、屏風歌《びょうぶうた》を召し、内裏歌合や内裏菊合《きくあわせ》を催した。殿上人《てんじょうびと》たちが菊合をしている際に授けた歌として「しぐれつつかれゆく野辺の花なれど霜のまがきに匂ふ色かな」（菊はしぐれとともに枯れてゆく野辺の花ではあるが、宮中に移されて霜の置いた籬に美しく色づいている）（新古今和歌集・冬・621）の歌があり、また、寵愛した源周子《みなもとのしゅうし》に「朝露のおきつる空も思ほえず消えかへりつる心まどひに」（あっという間に夜が明けてしまったことだなあ、置いていた朝露も、あなたが起きて去ったあとは、いよいよ消えてしまっています）（新古今和歌集・恋・1172）と後朝《きぬぎぬ》の歌を送るなどしている。後宮《こうきゅう》の女性たちとの贈答歌は、源氏物語の世界に映し出されていると言われている。

掲出歌には「飛香舎《ひぎょうしゃ》にて藤花宴侍りけるに」の詞書がある。延喜《えんぎ》二年（902）三月二〇日、藤原時平《ときひら》が主催した飛香舎《ひぎょうしゃ》（藤壺ともいう）の藤花《とうか》の宴《えん》と関わる歌であろう。飛香舎は後宮五舎のひとつである。醍醐《だいご》天皇の女御《にょうご》である藤原穏子《ふじわらのおんし》が入内《じゅだい》した翌年にあたるため、天皇が、藤原氏の繁栄を祝う意を込めているとも考えられる。「万代《よろづよ》」は、祝賀の意をこめていて、「かけて」は波の縁語。藤波は藤の花が波打っている様子を指している。この藤花の宴は、平安朝以後、後宮の文学であった和歌が公的文学として認められ、これが古今集の勅撰につながったとの見方が有力である。ただし、滝川幸司『天皇と文壇』（和泉書院、二〇〇七年）は、藤花の宴は時平が献物《けんもつ》をしており、献物が奉献《ほうけん》である以上、天皇に対する祝意・昇進の謝意を表すことが主であり、入内一周年のための奉献は考えにくく、正月に封二千戸《ふこ》を賜った謝意の可能性が高いとし、本宴の公的性格については懐疑的である。

しかしながら古今集の企画に大きな役割を果たす時平を、天皇が支持したことは確かであり、はじめての勅撰和歌集の出現が、和歌の公的地位を確立する偉大な一歩であることは動かないのである。

03

あふさかもはてはゆききの関《せき》もゐず尋《たづ》ねてとひこきなばかへさじ

村上《むらかみ》天皇

【出典】栄花物語・月の宴、十訓抄

あなたと逢うことの出来る逢坂の関の果てには、人の往来をとがめる関守もいません、私を訪ねて来て下されば、もう帰しませんから。

【閲歴】延長《えんちょう》四年（926）年六月、醍醐《だいご》天皇の第十四皇子として誕生。母は藤原基経《もとつね》の女《むすめ》穏子《おんし》。十五歳で元服し、天慶《てんぎょう》七年（944）立太子。同九年（946）朱雀《すざく》天皇の退位にともない践祚《せんそ》。当初藤原忠平《ただひら》を関白としたが、その死後は藤原実頼《さねより》・藤原師輔《もろすけ》らの補佐を受け、菅原文時《ふみとき》らの意見を参考にしつつ親政を行った。律令体制の衰退の中、多くの公事が整えられ、倹約と文化振興政策は、後世醍醐天皇の治世とともに「延喜《えんぎ》・天暦《てんりゃく》の治」と称された。天皇は、漢詩・和歌・管弦を能くした当代の文化的な指導者であった。東宮《とうぐう》時代に『日観集』を大江維時《これとき》に編ませ、在位中にしばしば詩宴を催した。御製《ぎょせい》の詩は『和漢朗詠集』等に残される。詩集として『天暦御製詩草一巻』があった。和歌の面では撰和歌所《せんわかどころ》を設け、天暦五年（951）『後撰和歌集』の撰進を命じ、二番目の勅撰和歌集を実現したほか、『万葉集』に訓点を付けさせたという業績がある。天暦七年（953）頃から公的に歌を重視しはじめ、和歌を漢詩に並ぶ公的文芸の地位に引き上げた。天皇主催の歌合も度々催され、天徳《てんとく》四年（960）の『内裏《だいり》歌合』は、女房たちが男たちの詩合《しあわせ》に対抗したものだが、天皇自らが采配をふるったという。後宮《こうきゅう》に多くの女御《にょうご》・更衣《こうい》を入れ、十九人の男女を儲け、後宮文化を花開かせた。『後撰和歌集』以下の勅撰集に、花山《かざん》天皇に次ぐ五十九首が入集している。家集として『村上御集《ぎょしゅう》』がある。康保《こうほ》四年（967）五月崩御《ほうぎょ》、四十二歳。

後の世に醍醐《だいご》天皇が治める御代《みよ》と並んで、その治世を「聖代」と称えられた村上《むらかみ》天皇だが、天皇がまだ帥《そち》の親王《みこ》の時に次のような贈答歌があった。太政大臣の藤原忠平《ふじわらのただひら》が、本とともに「君がため祝ふ心の深ければ聖《ひじり》の御代《みよ》の跡ならへとぞ」（あなたを寿《ことほ》ぐ私の心が深いので、中国の聖代の事跡を見習うようにと存じまして、この本をお送りします）という歌を贈った。これに対して村上天皇は「教へ置く事たがはずは行く末の道遠くとも後《あと》はまどはじ（この本が教え置いたことに背かなければ、目指す聖人の道がどんなに遠くても迷うことなく跡をついていけるでしょう）」と返した（後撰和歌集・慶賀哀傷・1378・1379）という。『栄花物語』には、「おほかたの心ばへの雄々しう気高《けだか》くかしこうおはしますものから、御才《ざえ》もかぎりなし。和歌の方《かた》にもいみじうしませたまへり」と称賛されている（「月の宴」）。

天皇の歌は遊戯性が豊かであると評価されている。掲出歌をもう一度あげてみよう。恋の気分に満ちているこの歌の表面の意味だけでなく、別の言葉が隠されているのである。

○あふさかも●　○はてはゆききの●　○せきもゐず●　○たずねてとひこ●　○きなばかへさじ●

各句の、○を付した句頭の文字と●を付した句末の文字を続けて読んでいくと、「あはせたきものすこし（合わせ薫き物を下さい）」となる。このような技巧的な戯歌は沓冠《くつかぶり》歌と呼ばれている。『栄花物語』「月の宴」や『十訓抄』によれば、天皇が妃《きさき》たちを試したものとされている。その中でも広幡《ひろはた》の御息所《みやすどころ》（源計子《みなもとのけいし》）だけが、この歌の謎を解き、薫《た》き物（数種の香料を練り合わせて作った香）を献上したのだという、村上天皇も醍醐《だいご》天皇と同じく、多くの女御《にょうご》・更衣《こうい》を抱えていた。彼女たちとの歌のやりとりが、天皇の歌の才能をさらに伸ばしたと言える。

たとえば、次のような歌もある。夜に召された斎宮女御《さいぐうのにょうご》が、体調が悪くて参上しなかったところ、村上天皇は「ねられねばゆめとも見えずはるのよをあかしかねつる身こそつらけれ（あなたのことを思って寝られなかったので、夢で会うこともできず、春の夜を明かしかねている我が身がとてもつらい）」（続古今和歌集・恋三・1202）と斎宮女御に歌をおくった。まるで物語世界を現実世界にうつしたかのような場面が想像される。

04

幾千代《いくちよ》とかぎらざりける呉竹《くれたけ》や君《きみ》がよはひのたぐひなるらん

後白河《ごしらかわ》天皇

【出典】千載和歌集・賀・606

幾千年と限りない長寿を保つ呉竹は、君の長寿に類《たぐ》いするおめでたいものなのでしょう。

【閲歴】大治《だいじ》二年（1127）九月、鳥羽《とば》上皇第四皇子として誕生。同年親王宣下。近衛《このえ》天皇の崩御《ほうぎょ》にともない、久寿《きゅうじゅ》二年（1155）七月践祚《せんそ》。同母兄の崇徳《すとく》上皇はこれを不満とし、保元《ほげん》元年（1156）年、鳥羽上皇没後、後白河《ごしらかわ》天皇・藤原忠通《ただみち》方と崇徳上皇・藤原頼長《よりなが》方が対立、平清盛《きよもり》・源義朝《よしとも》らの武力を利用して後白河方が勝利を得た。天皇は藤原通憲《みちのり》（信西《しんぜい》）を重用して政治を行い、権力の強化を図った。保元三年（1158）、二条《にじょう》天皇に譲位するが、その後、数度の中断はあるものの、五代の天皇にわたり、三十年以上も院政をしいた。平治《へいじ》元年（1159）、藤原信頼《のぶより》・源義朝が信西を自殺させるが、清盛に敗北、平氏全盛の世となった。応保《おうほ》六年（1161）、上皇は法住寺殿《ほうじゅうじどの》に移り、熊野・日吉《ひえ》を勧請《かんじょう》して御所の鎮守とし、蓮華王院《れんげおういん》を建立。嘉応《かおう》元年（1169）出家して法皇になった。清盛と対立するようになり、治承《じしょう》元年（1177）年、法皇近臣が平氏打倒の陰謀をめぐらした鹿ヶ谷《ししがたに》の密議が露顕し、同三年清盛は法皇を幽閉して院政に終止符をうち、娘徳子《とくこ》が産んだ安徳天皇を立て、実権を掌握した。この後、戦乱の中で法皇は各地を転々としたが、養和《ようわ》元年（1181）、清盛が死去すると法住寺殿に戻り院政を再開した。しかし寿永《じゅえい》二年（1183）、入京した木曽義仲《きそよしなか》に法住寺殿を焼かれ、六条院に移った。文治《ぶんじ》元年（1185）、源頼朝《みなもとのよりとも》・義経《よしつね》は平氏を壇ノ浦で滅ぼしたが、その後頼朝と義経が不仲となり、法皇は義経に頼朝追討の宣旨を発布したが、これに随う者は少なく、義経が奥州で討たれ、頼朝が藤原氏を滅ぼして、建久《けんきゅう》元年（1190）に入京すると、対立を解消、頼朝を日本国総追捕使《そうついぶし》とする体制が確立された。文化的な事業としては、寿永《じゅえい》二年（1183）、藤原俊成《ふじわらのしゅんぜい》に第七番目の勅撰和歌集である『千載和歌集』撰進を下命。歌人としては『千載和歌集』以下の勅撰集に十五首入集した。また芸能を好み、『梁塵秘抄《りょうじんひしょう》』を編纂した。建久《けんきゅう》三年（1192）三月、六条院で崩御《ほうぎょ》。六十六歳。

掲出歌は、詞書によれば、天皇が親王であった時、父鳥羽《とば》上皇が整備した鳥羽離宮にいらっしゃった際に、異母妹の八条院暲子内親王《はちじょういんしょうしないしんのう》の歌合に、「竹ハ遐年《かねん》ノ友タリ」（竹は長い年月の友である）という題で詠出した歌であり、『千載和歌集』賀歌の冒頭に掲載されている。呉竹《くれたけ》は、中国の呉《ご》から渡来した竹であり、葉が繁り、節が多く、御所《ごしょ》の清涼殿《せいりょうでん》の庭に植えられていたという。その呉竹の「節《よ》」を「千代」「よはひ」に響かせ、鳥羽上皇の御世《みよ》が長く続くことと、鳥羽上皇の長寿を寿《ことほ》ぐ歌となっている。『千載和歌集』には後白《ごしら》河《かわ》天皇の歌に続いて、藤原公教《きんのり》の「植ゑて見るまがきの竹のふしごとにこもれる千代は君ぞかぞへん」（植えて見る籬《まがき》の竹の節ごとに籠もっている千年もの長い齢をかぞえるのは、あなたこそがそれにふさわしい方なのでしょう）、藤原俊成《しゅんぜい》の「我《わ》が友と君が御垣《みかき》の呉竹は千代に幾代《いくよ》のかげを添ふらん」（自分の友だと、あなたがごらんになる御垣の呉竹は、ずっと長寿のあなたに伴って、いつまでもあなたに影を添えることになるのでしょう）という歌が続き、「賀歌」の冒頭にふさわしいめでたさを印象づけている。後白河天皇が鳥羽離宮で詠んだ歌には「鳥羽殿にて、旅宿時雨といふことを」という詞書をもつ「まばらなる柴の庵にね覚して時雨に濡るるさ夜衣かな」（隙間だらけの柴の庵に旅寝しているが、ふと寝覚めると、時雨のために夜着《よぎ》がぬれてしまっていることよ）（新古今和歌集・冬・579）もある。

後白河天皇は、仏教を深く信仰して『法華経《ほけきょう》』を読経《どきょう》し、諸寺・諸山に参詣したが、熊野への御幸《ごこう》は特に多く、生前、三十四回にも及んだ。三十二回目の熊野行幸の時、神前で、その感慨を以下のように詠んでいる。「わするなよ雲は都をへだつともなれて久しきみくまのの月」（私のことを忘れないでくれよ、雲が都とここ熊野との間を隔てるとしても、長い間慣れ親しんできた熊野三山の月よ）（玉葉和歌集・神祇・2782）。三熊野《みくまの》は、熊野坐《くまのにます》神社、熊野速玉《くまのはやたま》神社、熊野那智《くまのなち》神社の熊野三社をいう。長年参詣してきたこの熊野三社を照らす月は、後白河法皇の三十二度におよぶ御幸を見守ってきた、ほかならぬ神の象徴でもあろう。私が都に帰っても忘れないでほしいという、神への強い願いが表出された歌である。

後白河法皇は、建久《けんきゅう》三年（1192）三月に六条院で崩御《ほうぎょ》する。『新古今和歌集』に「御悩みおもくならせ給ひて、雪の朝に」（ご病気が重くなられて、雪の降る朝に）という詞書をもつ以下の歌が掲載されている。「露の命消えなましかばかくばかり降る白雪をながめましやは」（露のようにはかない私の命が消えてしまったならば、このようにうつくしく降る白雪を眺めることができるだろうか）（新古今和歌集・雑上・1581）。みずからの命を露のはかなさと自覚しながら、しきりに降る美しい雪の動きに目を奪われ、心を動かされているのである。命のある限り雪を見つめようとする思いの深さが、さらに生きて美しい雪を見続けたいという、生きることへの執着をも生み出している。法皇には、桜を詠んだ「をしめども散りはてぬれば桜花今は梢をながむばかりぞ」（惜しんでも桜の花は完全に散ってしまったので、今は花のない梢をじっと見つめているだけであるよ）（新古今和歌集・春下・146）」という歌もある。美しい桜や雪を惜しむ気持ち、美への執着が生きる力を生み出していたのかもしれない。

05

奥山《おくやま》のおどろが下《した》もふみわけて道《みち》ある世《よ》ぞと人《ひと》に知《し》らせん

後鳥羽《ごとば》天皇

【出典】新古今和歌集・雑中・1635

奥深い山のいばらの下も踏み分けて正しい道が行われているということを人々に知らせよう。

【閲歴】治承《じしょう》四年（1180）七月、高倉《たかくら》天皇の第四皇子として生まれる。母は坊門信隆《ぼうもんのぶたか》の女《むすめ》殖子《しょくし》。後白河《ごしらかわ》法皇が朝廷の実権を握っていた寿永《じゅえい》二年（1183）、安徳《あんとく》天皇が平氏とともに都落ちしたため、四歳で践祚《せんそ》。建久《けんきゅう》三年（1192）、法皇の崩御《ほうぎょ》を受けて、後鳥羽《ごとば》天皇が親政をしいた。この年は鎌倉幕府が誕生した年であった。政務は、関白九条兼実《かねざね》に次ぎ、第一皇子為仁《ためひと》の外祖父となった源通親《みなもとのみちちか》が執った。建久九年（1198）、十九歳で為仁《ためひと》親王（土御門《つちみかど》天皇）に譲位し、院政を開始した。建仁《けんにん》二年（1202）、通親が没して以後、専制君主として朝政を仕切り、順徳《じゅんとく》・仲恭《ちゅうきょう》両天皇の代まで院政を行った。上皇は水無瀬《みなせ》や宇治《うじ》に華麗な離宮を営み、十ヶ月に一度熊野《くまの》参詣するなど、遠出の旅行をすること度々であった。熊野行幸《ごこう》の途次行われた歌会の懐紙が熊野懐紙とよばれて伝存している。歌人としては当代一流であり、『新古今和歌集』の撰定に積極的に関わった。琵琶《びわ》、箏《そう》、笛、蹴鞠《けまり》、囲碁《いご》、双六《すごろく》にも打ち込み、流鏑馬《やぶさめ》、犬追物《いぬおうもの》、相撲《すもう》、水泳など文武の諸芸に秀でていた。この間、上皇は、意のごとくならない幕府への反感をしだいに募らせていった。承久《じょうきゅう》元年（1219）、源実朝《さねとも》が横死すると、幕府は後継将軍として上皇の皇子の東下を要請したが、上皇はこれを拒絶し、幕府の崩壊を期待した。その一方、上皇は、寵愛する伊賀局《いがのつぼね》の所領である摂津国長江《ながえ》、倉橋《くらはし》両荘の地頭の廃止を幕府に要請したものの拒否された。上皇は、順徳天皇や近臣たちと謀って、武力による討幕計画を推進し、承久《じょうきゅう》の乱が勃発した。しかし、上皇方には東国武士が付かず、京都は幕府軍に占領され、上皇は鳥羽殿に幽閉され、七月に出家したのち、隠岐《おき》へ配流された。延応《えんおう》元年（1239）二月、配所で崩御《ほうぎょ》。六十歳。

承久《じょうきゅう》三年（1221）、後鳥羽《ごとば》上皇が討幕の兵をあげた、いわゆる承久の乱で、朝廷方は大敗を喫し、後鳥羽・土御門《つちみかど》・順徳《じゅんとく》の三上皇は配流され、幕府の絶対的優位が確立したといわれる。後鳥羽上皇の時代は、朝幕関係の大変緊張した時代だったが、そのような中で、上皇は掲出歌のように、正しい政治を行おうとする決意表明と読める歌を詠んだ。この歌は『増鏡《ますかがみ》』にも人口に膾《かい》炙《しゃ》した歌として紹介され、「まつりごと大事と思《おぼ》されけるほどしるく聞こえて、やむごとなくは侍れ」（政道が大事だと思われる志の高さがはっきりと知られて、たいへん恐れ多いことでございます）と記された。

上皇は、歌の達人であった。前記の『新古今和歌集』勅撰に際し、上皇自ら撰者らとともに撰集の作業に加わり、序や詞書も上皇の立場で記し、その結果、『新古今和歌集』は、勅撰和歌集の中でも、もっとも長期におよぶ複雑な成立の歴史をもつこととなった。上皇は都においても配流先の隠岐《おき》においても歌合を多数催した。都での華麗できらびやかな新古今歌風に対し、隠岐では「我こそは新島守《にいじまもり》よ隠岐の海の荒き波風《なみかぜ》心して吹け」（私こそがこの島の新しい島守だ。隠岐の海の荒い波風よ、心して吹くがいい）（『後鳥羽院御百首』、『増鏡』など）という、王者の風格漂う歌の他にも、「軒端《のきば》荒れて誰《たれ》かみなせの宿の月過ぎにしままの色やさびしき」（軒端はあれてしまって、一体誰が水無瀬離宮の月を見るだろうか、見はしない。自分がかつて住んでいたころと同じような美しい月光が、今も寂しく照らしているのだろうか）（『遠島歌合』）などのように、都を想い、故郷をなつかしく思いやる歌を多く詠んだ。家集に『後鳥羽院御集』『遠島御百首』、秀歌撰に『時代不同歌合』がある。歌学書としては『後鳥羽院御口伝《おんくでん》』があり、藤原定家との和歌観の相違を知ることもできる。

江戸時代後期の光格《こうかく》天皇（82頁参照）は、この後鳥羽天皇の和歌を本歌する「春のひかりへだてなければおく山のおどろの下も雪やとくらむ」（享和《きょうわ》四年〈1804〉一月二十八日・和歌御会始《わかごかいはじめ》）（春の光が、わけへだてなく恵み深く射すので、奥深い山の道のない茨《いばら》の生い茂る下に降り積もっていた雪もとけるであろう）という歌を詠んでいる。光格天皇は、父典仁《すけひと》親王の尊号問題や、炎上後の内裏再建などで、幕府と厳しく対立した経験があり、後鳥羽上皇のありようには強い関心をしめしていたに違いない。幕府との極度の緊張関係にあった後鳥羽上皇の時代と比較すると、享和四年頃の朝廷と江戸幕府との関係は、「おどろの下」の「雪」（積年来のわだかまり）もとけるほど比較的穏やかであると感じていたと読めるのではないだろうか。正親町公明《おおぎまちきんあき》は、その日記『公明卿記』に、光格天皇が後鳥羽天皇の掲出歌を本歌として詠出したと、その感動を記している（『光格天皇実録』第三巻、ゆまに書房、二〇〇六年）。

ももしきやふるき軒端《のきば》のしのぶにもなほあまりある昔《むかし》なりけり

順徳《じゅんとく》天皇

内裏の古びた軒端から垂れ下がる忍ぶ草を見るにつけても、偲《しの》んで偲んでもまだなお偲びきれないのは古きよき昔の御代《みよ》であることだ。

【出典】続後撰和歌集・雑下・1205、百人一首

【閲歴】後鳥羽《ごとば》天皇の第三皇子として建久《けんきゅう》八年（1197）九月に誕生。母は、藤原範季《ふじわらののりすえ》の女《むすめ》重子《じゅうし》。正治《しょうじ》元年（1199）十二月に親王、同二年四月（1200）に、土御門《つちみかど》天皇の皇太弟《こうたいてい》となり、承元《じょうげん》四年（1210）十一月践祚《せんそ》した。十二月即位。承久《じょうきゅう》三年（1221）、懐成《かねなり》親王（仲恭《ちゅうきょう》天皇）に譲位《じょうい》した。在位中は、後鳥羽上皇の院政が行われていた。政務よりも学問・芸能に専心、和漢の書に通じ、有職故実《ゆうそくこじつ》を学び、詩歌・管絃《かんげん》に長じた。特筆すべきは、鎌倉幕府に対抗して朝威を振興するため、宮廷儀式や天皇の政務を明確にすべく、『禁秘抄《きんぴしょう》』を著したことである。江戸時代の「禁中《きんちゅう》並《ならびに》公家中《くげちゅう》諸法度《しょはっと》」は、『禁秘抄』を元にして成っている。後鳥羽上皇の強い影響を受け、特に和歌に精進した。宮中歌壇を重視し、藤原定家《ふじわらのさだいえ》や藤原家隆《ふじわらのいえたか》らも参加した建暦《けんりゃく》三年（1213）二月の『内裏詩歌合《だいりしいかあわせ》』、同年閏《うるう》九月の『内裏歌合《うたあわせ》』、建保《けんぽう》四年（1216）年閏六月の『内裏百番歌合』を主催するなど、積極的に和歌活動を行った。歌風は平淡で典雅とされる。歌集として、『順徳院御集《ぎょしゅう》』『順徳院御百首《おんひゃくしゅ》』『内裏名所百首』がある。歌論としては、当代の歌論を集大成した『八雲御抄《やくもみしょう》』がある。天皇は、後鳥羽上皇の倒幕計画（承久《じょうきゅう》の乱）に熱心に参加した結果、承久三年（1221）七月二十一日、佐渡《さど》に配流の身となった。佐渡に在ること二十一年、仁治《にんじ》三年（1242）九月、崩御《ほうぎょ》した。四十六歳。

掲出歌は、『順徳院御集《じゅんとくいんぎょしゅう》』には「同じ比二百首和歌」とあるうちの一首であり、「同じ比《ころ》」とは、御集によれば、建保《けんぽう》四年（1217）七・八月ごろのことである。この時、順徳天皇は二十歳であった。初句の「ももしき」は本来は「ももしきの」という形で「大宮」にかかる枕ことばだが、ここでは「内裏」や「宮中」のこと。三句目の「しのぶ」は、往事を「偲《しの》ぶ」と、軒から垂れ下がる「忍ぶ草（ノキシノブ）」の「忍ぶ」を掛けた掛詞《かけことば》。ノキシノブは、シダの一種で、家が荒れ果てた様子を象徴する植物である。ここでは朝廷の権威の衰亡を表象しているのだろう。偲《しの》んでも偲んでも偲びきれないくらいに素晴らしい昔の御代《みよ》とは、醍醐《だいご》天皇・村上《むらかみ》天皇の治世である、延喜《えんぎ》・天暦《てんりゃく》の時代を指すと言われている。先代の後鳥羽《ごとば》上皇もこの聖代を理想としたが、後の後醍醐《ごだいご》天皇も天皇親政の理想像としたという。順徳天皇の御代《みよ》、承久《じょうきゅう》の乱以前の朝廷には、衰えゆく皇室の権威を嘆き、関東方《かんとうかた》をうらみ嘆く空気がよどんでいたのだろう。永遠に続くと思われた朝廷の栄華も今は昔となってしまったとの思いがこの歌にはこめられている。

『百人一首』の百首目がこの歌であることは象徴的である。選者の藤原《ふじわらの》定家《さだいえ》は、順徳天皇の父である後鳥羽上皇に仕えたが、朝廷・公家の没落を悲しむ若き順徳上皇の歌に深く共感していたことだろう。

順徳上皇は定家や俊成卿女《しゅんぜいきょうのむすめ》から歌の指導をうけ、定家を愛した。定家の歌風をよく受け継ぎ、配流先の佐渡《さど》から定家に送った御百首のうち、十首に定家が「妖艶」という評価をしている。これは定家が生涯に「妖艶」と評価した歌の半数を占めるという。

07

ここにても雲井《くもゐ》の桜《さくら》さきにけりただかりそめの宿《やど》と思《おも》ふに

後醍醐《ごだいご》天皇

【出典】新葉和歌集・春下・83

ここ吉野でも、都の内裏《だいり》の南殿《なでん》の桜と同じように、美しく雲井の桜が咲いたことだ。ただ少しの間だけの滞在地だと思っているのに。

【閲歴】後宇多《ごうだ》天皇の第二皇子として正応《しょうおう》元年（1288）十一月に誕生。母は藤原忠継《ふじわらのただつぐ》の娘談天門院忠子《だんてんもんいんちゅうし》。大覚寺統に属し、文保《ぶんぽう》二年（1318）、三十一歳で即位、元亨《げんこう》元年（1321）、院政を廃して親政を開始、学問、武芸の振興に努めた。この間、鎌倉幕府打倒を決意し、極秘に倒幕を企てたが、正中《しょうちゅう》元年（1324）に露顕し、失敗。多くの側近が捉えられた（正中《しょうちゅう》の変）。その後、皇子の護良親王《もりよししんのう》を天台座《ざ》主《す》にし、比叡山の勢力を味方にしようとしつつ、再度倒幕を進めたが、これも失敗し天皇は捕らえられて元弘《げんこう》二年（1332）隠岐《おき》に流された（元弘《げんこう》の変）。護良親王・楠木正成《くすのきまさしげ》らが活躍し、反幕勢力が強まると、天皇は隠岐を脱出、伯耆《ほうき》の名和長年《なわながとし》らの支持を得て、翌年六月、京都に帰った。幕府は滅亡し、天皇は、持明院統《じみょういんとう》の光厳天皇《こうげんてんのう》を廃し、天皇が直接軍事も統率する建武新政《けんむのしんせい》を開始した。しかし強引な政策に対する不満は武家のみならず公家にも拡がった。建武二年（1335）北条残党が蜂起、討伐軍であった足利尊氏《あしかがたかうじ》が反した。一度は九州落ちした尊氏だが再度入京、天皇を幽閉した。このため天皇は翌年十二月吉野に逃れ、ここにいわゆる吉野朝が開かれ、以後南北朝時代に入った。しかし吉野朝経営は困難を極め、孤立が深まるなかで、延元《えんげん》四・暦応《りゃくおう》二年（1339）、義良《のりよし》親王（後村上《ごむらかみ》天皇）に譲位《じょうい》、同年五十二歳で崩御《ほうぎょ》した。遺詔《いしょう》により後醍醐《ごだいご》と諡号《しごう》した。天皇は学問に秀で、典礼・和歌に詳しかった。著書に『建武年中行事』『建武日中行事』がある。

「雲井《くもい》の桜」とは、仁明《にんみょう》天皇（在位八三三〜八五〇）以来、歴代の天皇によって、内裏《だいり》の紫宸殿《ししんでん》の前に植えられてきた「左近《さこん》の桜」（南殿《なでん》の桜）を示すことが多い。それほど、宮中で大きな存在感をもっていたのが南殿の桜である。文保《ぶんぽう》二（1318）年、後醍醐《ごだいご》天皇は先代の花園《はなぞの》天皇が新造した二条富《にじょうとみの》小路《こうじ》内裏で即位し、そこに南殿の桜を移植した。その南殿の桜について、『続千載和歌集』（春下・107）には、「南殿の桜を本府《ほんぷ》よりうゑ侍りける時、大内《おおうち》の花のたねにてはべりければ」（南殿の桜を本府より植えました時に、内裏の桜の種でありましたので）という詞書で、鷹司冬教《たかつかさふゆのり》の「いにしへの雲居《くもい》の桜たねしあればまた春にあふ御代《みよ》ぞしらるる」（昔からずっと内裏の紫宸殿の前に咲き続けてきた南殿の桜の種があれば、必ずやまた都で春を迎える御代が天下に知られることになるだろう）という歌が掲載されている。

後醍醐天皇が親政を開始した元亨《げんこう》二年（1321）には、南殿の桜の下で連歌を催し（菟玖波集・春上・107の御製）、さらに幕府打倒に失敗した後の正中《しょうちゅう》三年（1326）三月には、南殿の桜を前にして、和歌・作文・御遊《ぎょゆう》（管弦）の三席御会を主催した。このときの和歌御会の題は、後醍醐天皇みずからが出題した「禁庭花《きんていのはな》」であった。後醍醐天皇は「いまもまた同じ色香《いろか》にさきぬらし代々《よよ》の春しる九重《ここのえ》の花」（「正中三年禁庭御会和歌」）（今もまた昔と同じ美しい色と香りで咲いているらしい、歴代の天皇のそれぞれの春を知る宮中の南殿の桜は）と詠み、長い間続いてきた皇統を、王威の象徴である南殿の桜にこと寄せて寿《ことほ》いでいる。この時、南殿の桜を見ながら、皆で歌を詠んだのであるが、鎌倉幕府との相剋を背景にして、天皇と臣下が、皇統の弥栄《いやさか》を揃って歌いあげることの意味は大きい。

後醍醐天皇は、醍醐《だいご》天皇の延喜《えんぎ》の治《ち》を親政の理想とし、延喜《えんぎ》・天暦《てんりゃく》の聖代（醍醐天皇・村上《むらかみ》天皇の理想的な治世）に準拠した「花宴」の場面が描かれた『源氏物語』を憧憬していた。おそらく、正中三年三月の禁庭での和歌御会も、南殿の桜を見ながら紫宸殿で行われた宴を描く『源氏物語』「花宴《はなのえん》」を意識して催された和歌御会であろう。後醍醐天皇の祖父である亀山《かめやま》天皇は、在位中に「禁庭花」の題で、「わがやどの雲居《くもい》の桜いくたびかおなじ千《ち》とせの春を契《ちぎ》らん」と詠んでおり、これも後醍醐天皇の意識にあったと考えられる。

その後の後醍醐天皇は【閲歴】に記したとおり、幕府に捕えられ、隠岐《おき》に配流となり、いったん還御《かんぎょ》したものの、二条富小路《にじょうとみのこうじ》の内裏を焼かれ、吉野潜行を余儀なくされる。

掲出歌の詞書には「芳野《よしの》の行宮《あんぐう》におましましける時、雲井の桜とて世尊寺《せそんじ》のほとりに有りける花の咲きたるを御覧《ごらん》じてよませ給ける」（吉野の仮宮にいらっしゃいましたとき、雲井の桜といって世尊寺のあたりにあった桜の花の咲いたのをご覧になってお詠みになりました）とある。掲出歌の、吉野の宮は仮の住まいだと思っていたのに、ここでも「雲井の桜」（南殿の桜）が咲いた、という後醍醐天皇の感慨からは、吉野にも「雲井の桜」と呼ばれる桜があったことに、慰められ、心を癒やされると同時に、目の前に咲く吉野の「雲井の桜」のはるか向こうに、昔、京の都にいたころ、内裏の紫宸殿で、中宮とともに愛でた「南殿の桜」が映し出されていたと読めるだろう。後醍醐天皇は、王威の象徴として『源氏物語』に描かれ、和歌に詠まれてきた内裏の「南殿の桜」を、吉野の桜の彼方に見つつ、みずからが京の都の帝王であった頃の栄華を愛惜《あいせき》し、厳しい現実をもたらした幕府への憤りを秘めているのである（久保田淳「南殿の桜」（『文学』一九九〇年一月）。この歌が収められている『新葉和歌集』では、掲出歌に続いて、高位の廷臣である北畠親房《きたばたけちかふさ》の、「芳野山《よしのやま》

雲居《くもい》の桜君《さくら》が代《よ》にあふべき春や契《ちぎ》りおきけむ」と、あたかも君臣唱和である
かのような和歌が配置されている（君嶋亜紀「後醍醐天皇と雲居の桜—『新
葉集』の撰集意図を探る—」『国語と国文学』二〇〇七年七月号）。

08

埋《うづ》もれし道《みち》もただしきをりにあひて玉《たま》の光《ひかり》の世《よ》にくもりなき

正親町《おおぎまち》天皇

【出典】『正親町天皇御製』（『皇室文学大系』第二輯、名著普及会、一九七九年）

長らく続く戦乱の中で埋もれてしまった皇室の道も、正しい時節にめぐりあって、天下の名玉として知られる和氏《かし》の璧《たま》の光のように、覆われることなく世に現れたことだ。

【閲歴】永正《えいしょう》十四年（1517）、後奈良《ごなら》天皇の第二皇子として誕生。天文《てんぶん》二年（1533）十七歳で親王宣下、元服の儀を挙げる。同七年（1538）二十二歳で楽《がく》（雅楽）の伝受《でんじゅ》を相伝されて禁裏の楽御会に出座し、三条西公條《さんじょうにしきんえだ》の源氏物語談義を聴き、同十一年（1542）には同じく公條から概歌大概《えいがのたいがい》の講釈を聴くなど践祚《せんそ》前から諸芸・学問を学び楽御会《がくごかい》・和歌御会《わかごかい》に出座する。弘治《こうじ》三年（1557）十月二十七日、後奈良《ごなら》天皇の崩御《ほうぎょ》により四十一歳で践祚したが、打ち続く戦国乱世のために朝廷ははなはだしく窮乏しており、すぐには即位礼を挙げることができなかった。毛利元就《もうりもとなり》、隆元《たかもと》父子が費用を献上したことにより、永禄《えいろく》三年（1560）正月二十七日、四十四歳でようやく即位礼を挙げる。即位礼に先立ち、正親町《おおぎまち》天皇は、即位の事について公條に尋ねているが、同年六月には伊勢物語伝受を、また同月以降、複数回にわたって古今伝受を公條に相伝しており、永禄四年（1651）二月からは公條が正親町天皇の御製に添削を開始、合わせて古今集の進講を仰せ付けられている。このように公條はその逝去まで正親町天皇の傍に近しく仕えた。即位した天皇は、権力の統一を図る織田信長《おだのぶなが》や豊臣秀吉《とよとみひでよし》の国内の統一事業を伝統的権威によって助けたが、その二氏の尽力によって、御料所《ごりょうしょ》の復旧や新設、皇居の修理や朝儀の復興、神宮の造替などが行われた。戦国時代に窮乏し権威も低落していた朝廷の面目は取り戻され、公家社会も安定することとなる。天《てん》正《しょう》十三年（1585）、豊臣秀吉を関白に任じ、翌十四年十一月七日に七十歳で和仁《かずひと》親王（後陽成《ごようぜい》天皇）に譲位。長い戦乱で朝廷の窮乏は激しく、譲位が行われたのは後土御門《ごつちみかど》天皇以来のことであった。同十六年（1588）四月、十八歳の後陽成天皇が、秀吉が内裏の西方に築いた聚楽第《じゅらくだい》に行幸《ぎょうこう》した際には御製を遺わしている。文禄《ぶんろく》二年（1593）七十七歳で崩御《ほうぎょ》。

天正《てんしょう》十三年（1585）、正親町《おおぎまち》天皇は豊臣秀吉《とよとみひでよし》を関白に任じ、翌十四年（1586）七十歳で和仁親王《かずひと》（後陽成天皇《ごようぜい》）に譲位《じょうい》した。長い戦乱により朝廷の窮乏は激しく、後土御門天皇《ごつちみかど》以来譲位は行われていなかったが、織田信長《おだのぶなが》・豊臣秀吉の尽力によって、朝廷の復旧や朝儀の再興など徐々に面目が取り戻される中での譲位であった。翌十五年（1587）、秀吉は関白公邸として内裏の西方に城郭様式の豪邸聚楽第《じゅらくだい》を築き、翌十六年（1588）四月、後陽成天皇の聚楽第行幸《ぎょうこう》が盛大に行われ、関白秀吉の権勢と威力とを世の中に知らしめた。行幸は四月十四日から十八日の五日間にわたって行われたが、つつがなく行幸が終わると、秀吉は後陽成天皇と正親町上皇に三首の和歌を遣わした。そのうちの一首は「時《とき》を得《え》し玉の光のあらはれてみゆきぞけふのもろ人の袖《そで》」（文王《ぶんおう》にめぐりあってチャンスをつかんだ卞和《べんか》の名玉のように、運命にめぐまれて時めく輝かしい後陽成天皇が、大勢の臣下を引き連れて、今日、聚楽第におでましになったことだ）というもので、秀吉のこの和歌は、古代中国の名玉のひとつである「和氏《かし》の璧《たま》」の故事（『韓非子《かんぴし》』「卞和篇《べんかへん》」）を踏まえて詠まれたものであった。中国の戦国時代、楚《そ》の山の中で粗玉《あらたま》を得た卞和《べんか》が厲王《れいおう》に献上したところ、ただの石と決め付けられ偽《いつわ》りの罪として左足を切られ、次代の武王《ぶおう》にも同じく右足を切られた。次に位についた文王《ぶんおう》のとき、粗玉を抱きながら三日三晩泣き明かしていた卞和《べんか》に文王が理由を問うと、粗玉は宝玉であるのに石といわれ、嘘をつく者とされたのが悲しいという。文王が、その粗玉を磨かせてみると立派な璧《たま》であることがわかったという故事である。秀吉は、打ち続く戦国乱世の中で長らく疲弊していた朝廷と天皇の存在が、みずからの権勢によって再び時流を得て、光り輝く姿をあらわしたことを詠んでいるのである。この秀吉の和歌への返歌が、正親町上皇の掲出歌である。長らく続く戦乱の中で埋もれてしまった皇室の権威が、時流を得て、再び世の中に現れることを寿《ことほ》ぐ御製となっている。

応仁《おうにん》・文明《ぶんめい》の乱以来、朝廷は窮乏し、後土御門《ごつちみかど》天皇の大葬も崩御《ほうぎょ》後四十三日たってようやく執り行われるほどであり、節会《せちえ》をはじめとする恒例の朝廷儀式も廃せざるをえないほどの疲弊した状況が長らく続いていた。そのようなときに正親町天皇はこの世に生をうけた。長らく続く戦乱の混迷と困窮の中にあって天皇は「憂世《うきよ》とて誰れをかこたむ我《わ》れさへや心の儘《まま》にあらぬ身なれば」（つらいことの多い苦しみに満ちたこの世の中だからといって、いったい誰のせいにしようか、誰のせいにもしない。私自身のこの身でさえ心に思う通りにはできないのだから）（『正親町院御百首』・述懐）と心中の思いを述べる。しかし、そのような状況下にあっても、三條西公條《さんじょうにしきんえだ》を召して順徳《じゅんとく》天皇著『禁秘抄《きんぴしょう》』（宮中の故実作法書）を講義させるなど、常に朝廷儀式の再興に心をかけており、「なにの道もまさきのかづら末《すえ》つひに絶えずつたへよ家家《いえいえ》の風《かぜ》」（何の道であっても、まさきのかずらの伸び行くつるの先のように、結果に到達するまでは止むことなくひき続いて伝えなさい。家家に継承されているならわしを）（『正親町院御百首』・祝言）と詠んでいる。秀吉の和歌への返歌は、このような状況を経ての御製であった。正親町天皇は、この御製を詠出した五年後の文禄《ぶんろく》二年（1593）、七十七歳でこの世を去っている。

09

わきて今日《けふ》待《ま》つかひあれや松《まつ》が枝《え》の世世《よよ》の契《ちぎり》をかけて見《み》せつつ

後陽成《ごようぜい》天皇

【出典】『後陽成院御集拾遺』（『皇室文学大系』第三輯、名著普及会、一九七九年）

とりわけて今日のこの日を待った甲斐があったことだ。過去から現世そして後世にかけて皇室がずっと変わらないという宿縁を、色の変わらぬ松の枝が見せていることよ。

【閲歴】元亀《げんき》二年（1571）、正親町《おおぎまち》天皇の皇子誠仁《さねひと》親王《おうじ》の第一王子として誕生。父親王が皇位を継承しないうちに薨去《こうきょ》したため天皇の世継ぎとなり、天正十四年（1586）十一月に正親町天皇の譲りを受けて十六歳で践祚《せんそ》、同月、紫宸殿《ししんでん》で即位。約二か月後の同十五年（1587）正月十九日に即位後初めての和歌御会始《わかごかいはじめ》を行ったのを皮切りに、崩御《ほうぎょ》するまでの間に月次《つきなみ》和漢御会、水無瀬宮《みなせぐう》御法楽和歌御会《ごほうらくわかごかい》、北野社御法楽和歌御会、七夕《たなばた》和歌御会、重陽《ちょうよう》和歌御会、当座《とうざ》和歌御会、連歌御会、聯句《れんく》御会、和漢千句御会、和漢聯句御会等さまざまな詩歌御会を催す。天正十六年（1588）、聚楽第《じゅらくてい》に行幸《ぎょうこう》。朝廷で行う儀式の故実に詳しく、舟橋秀賢《ふなはしひでかた》に四書を進講させるなど学問を好み、廷臣に『伊勢物語』『源氏物語』『百人一首』などを講義し、慶長十一年（1606）秋に『百人一首抄』を同十二年（1607）十月に『伊勢物語愚案抄』を撰す。文禄《ぶんろく》四年（1595）四月には四辻《よつつじ》公遠《きんとう》より神楽《かぐら》の笛・和琴《わごん》の灌頂《かんじょう》を相伝され、同年八月には持明院基孝《じみょういんもとたか》より能書の伝受を相伝されている。禁裏御本を侍臣に書写させ、慶長勅版《ちょくはん》を刊行して文芸復興に貢献した。慶長《けいちょう》十六年（1611）三月、四十歳で政仁《ことひと》親王（後水尾《ごみずのお》天皇）に譲位。譲位後も『伊勢物語』『源氏物語』『詠歌大概』『未来記』等の講釈を行い、慶長十九年（1614）西洞院時直《にしのとういんときなお》に和歌天爾遠波《てにをは》・伊勢物語切紙《きりがみ》口伝・古今集清濁を相伝している。七年間の院政の後、元和《げんな》三年（1617）四十七歳で崩御《ほうぎょ》。

天正十三年（1585）、朝廷の復旧や朝儀の再興などにより正親町《おおぎまち》天皇の信任を得た豊臣秀吉《とよとみひでよし》は、重職であった関白に任ぜられる。正親町天皇の第一皇子で世継ぎとして定められていた誠仁《さねひと》親王が翌十四年（1586）七月に突然亡くなると、親王の第一王子であった後陽成《ごようぜい》天皇が即位。秀吉は、近衛前久《さきひさ》の女《むすめ》前子《さきこ》を養女として入内《じゅだい》させて皇室の外戚となる。またこの年の二月から、関白公邸としての聚楽第《じゅらくだい》を内裏の西の方に築くための工事に着工。諸国から材木、石材、釘、檜皮葺《ひわだぶ》き、石材、釘などを取り寄せ、専門職人を動員して建築技術の粋を凝らして豪奢を極めた城郭風の聚楽第が翌十五年（1587）九月に竣功した。同十六年（1588）一月になると、秀吉は後陽成天皇の聚楽第行幸《ぎょうこう》の準備を始め、四月十四日から十八日にかけて、後陽成天皇が五日間逗留する空前絶後の豪華な聚楽第行幸を執り行い、みずからの権力と勢力を天下に知らしめた。行幸の第一日目には管弦の遊びが行われ、第二日目には秀吉から上皇・天皇などへの御料《ごりょう》の進献があり、第三日目には和歌御会《わかごかい》、第四日目には舞楽《ぶがく》が催され、第五日目に天皇が御所《ごしょ》へ還幸《かんこう》している。掲出歌は、第三日目に催された和歌御会の際に披講《ひこう》された後陽成天皇の御製《ぎょせい》である。

大村由己《ゆうこ》の『聚楽行幸記《じゅらくぎょうこうき》』によれば、後陽成天皇の行幸三日目の四月十六日は、明け方より空がかき曇り、しめやかに雨が降り出して、桧皮葺《ひわだぶき》の軒をつたう雨水の音が、昨日の管弦の遊びの琴と筑《ちく》の響きを残すかのようにおぼろげに聴こえる静かな日だったようである。和歌御会にふさわしい状況の中で、和歌の披講をともなう盛大な会が開かれた。題は「寄松祝《まつによせるいわい》」であった。この時に披講された秀吉の和歌は「よろづ代の君がみゆきになれなれんみどり木たかき軒のたま松」（これから先、限りなく長くご治世が続く後陽成天皇のお出ましに、なれ親しむことであろう。やや背の高い緑の美しい軒の松は）というもので、松が落葉せず樹齢の長いことにことよせて、後陽成天皇の御世の繁栄が永遠に続くことと、聚楽第に植えられている松が後陽成天皇のお出ましに慣れ親しむほどに、豊臣家との関係が、この後も末永く続くことをことほぐ歌となっている。

　さかのぼれば、寛正《かんしょう》六年（1464）、後土御門《ごつちみかど》天皇が即位してほどなく、応仁《おうにん》・文明《ぶんめい》の乱が起こり京都は焦土と化して朝廷も窮乏、朝廷儀式も廃され中絶するものが多くなった。後土御門《ごつちみかど》天皇の大葬も崩御後四十三日たってようやく執り行われるほど朝廷の経済は困窮を極め、その状況は、後柏原《ごかしわばら》天皇、後奈良《ごなら》天皇の御世《みよ》にも続き、織田信長《おだのぶなが》・豊臣秀吉による国内平定が進展する正親町天皇の時代まで続く。そのような歴代の天皇が待ち望んだのは、まさに後陽成天皇が聚楽第に行幸し朝廷の権威を回復する今日、この日であったことだろう。後陽成天皇は、後土御門《ごつちみかど》天皇、後柏原《ごかしわばら》天皇、後奈良《ごなら》天皇と世々の天皇が待ち望んだ願いを、現世から後世にかけて変わらないと松の枝にかけて誓うのである。

10

世《よ》に絶《た》えし道《みち》ふみ分《わ》けていにしへのためしにもひけ望月《もちづき》の駒《こま》

後水尾《ごみずのお》天皇

【出典】国歌大観『後水尾院御集』・秋・三九八・題「駒迎」

今の世にはとぎれてしまった王朝時代の駒迎《こまむか》えの儀式を、当時と同じように行う手立てを切り開き、平安時代の先例にならって引きなさい。八月十五夜の満月の頃に諸国から献上された馬を。

【閲歴】慶長《けいちょう》元年（1596）、後陽成《ごようぜい》天皇の第三皇子として誕生。同五年（1600）に親王宣下《しんのうせんげ》、同十六年（1611）三月、父天皇の譲位《じょうい》を受けて践祚《せんそ》、四月に即位《そくい》。元和《げんな》六年（1620）、将軍徳川秀忠《とくがわひでただ》の息女和子《かずこ》を女御《にょうご》とする。寛永《かんえい》六年（1629）十一月、幕府の干渉に憤った後水尾《ごみずのお》天皇は、幕府に相談することなく突然、和子との女《むすめ》である一宮興子《いちのみやおきこ》内親王（後の明正《めいしょう》天皇）に譲位。譲位後は院政をしき、内裏にたびたび御幸《ごこう》。内裏で行われる当座《とうざ》和歌御会《わかごかい》等にも出座し御製《ぎょせい》が残っているが、即位した明正《めいしょう》天皇の御製は一首も伝わっていない。宮廷において『源氏物語』『詠歌大概』などの古典をみずから講義し、和歌や連歌、漢詩、書道、華道、香道、茶道、絵画など諸芸に堪能で、霊元天皇をはじめとする学芸に優れた天皇や廷臣が活躍する文芸復興の機運が満ちた時代を生み出した。朝廷儀式の復興にも気を配り、踏歌節会《とうかせちえ》などを復興、朝儀公事《ちょうぎくじ》に関する書物『当時年中行事』を著述した。修学院離宮《しゅがくいんりきゅう》は後水尾上皇がみずから計画し設計して造営した。慶安《けいあん》四年（1651）に落飾。延宝《えんぽう》八年（1680）八月、八十五歳で崩御《ほうぎょ》。

後水尾《ごみずのお》天皇は、廃《すた》れてなくなってしまった禁中《きんちゅう》の儀式《ぎしき》の再興《さいこう》に強い関心を抱いていた。例えば、後水尾天皇が順徳《じゅんとく》天皇の『禁秘抄《きんぴしょう》』や後醍醐《ごだいご》天皇の『建武年中行事《けんむねんじゅうぎょうじ》』に倣《なら》って著《あらわ》した『当時年中行事《とうじねんじゅうぎょうじ》』には、江戸時代初期当時の禁中の年中行事や儀式・故実《こじつ》について実に詳細に記されているが、後水尾天皇の序文によれば、宮中の儀式を行うのに『禁秘抄』や『建武年中行事』のような、すばらしいお手本があるけれども、応仁《おうにん》の乱《らん》より後、宮中が零落《れいらく》してしまったため、後白河法皇《ごしらかわほうおう》が王朝権力《おうちょうけんりょく》の復興に専念した保元《ほうげん》の時代や後《ご》醍醐《だいご》天皇が鎌倉幕府を倒して京都に還幸し天皇親政を復活した建武《けんむ》の時代には、今は似ても似つかないあり様となっている。天皇が即位《そくい》したのち大嘗会《だいじょうえ》の前月に行うみそぎの儀式や大嘗会《だいじょうえ》、その他の朝廷の政務や儀式や行事なども次第に絶えて、今は跡かたも無くなったようになってしまったので、再興するにもよりどころがない。せめて衰退した今の世の行事や儀式の様子を失わずにいてほしいので『当時年中行事』を書きつけたという。

掲出歌の「望月《もちづき》の駒《こま》」は、平安時代、毎年八月に天皇が紫宸殿《ししんでん》で甲斐《かい》・武《む》蔵《さし》・信濃《しなの》・上野《こうずけ》の牧場から貢進《こうしん》される馬を御覧になる「駒牽《こまひ》き」という儀式があったが、諸国から貢進《こうしん》されるその馬を馬寮《めりょう》の使いが近江《おうみ》の逢坂《おうさか》の関まで迎えに出た「駒迎え《こまむかえ》」の行事をさす。この「駒迎え《こまむかえ》」の行事は『当時年中行事』には記載されておらず、後水尾天皇の時代には絶えていたことが知られる。掲出歌からは、はるか昔の王朝時代に行われていた駒迎えの儀式を、今の世に復活させたいという後水尾天皇の強い思いが伝わってくる。後水尾天皇の第十九皇子で歌道や修学院離宮《しゅがくいんりきゅう》への御幸など後水尾天皇事績を多く継承した霊元天皇は「いにしへの秋の雲井のおもかげに引きかへさばやもち月の駒」（霊元法皇御集・四九・題「駒迎」）と詠んでおり、宮中の儀式を王朝時代に復興しようとする決意がみてとれる。後水尾天皇の思いは次世代に継承されてゆくのである。

「駒迎え《こまむかえ》」の儀式と同様、後水尾天皇が大きな関心をもっていたのは和歌の道を王朝の盛んなりし頃にもどすことだった。「名所鶴」の題で「すむ鶴にとはばやわかの浦波をむかしにかへす道はしるやと」（国歌大観『後水尾院御集』・雑・八九六）（和歌浦《わかのうら》に住む鶴にたずねたいものだ。浦に寄せる波が返ってゆくように、今の世の和歌の世界を遠い王朝の御代のように返す方法を知っているかと）と、紀伊国《きいのくに》（現在の和歌山県）の歌枕であり、和歌の神を祀る玉津島神社がある和歌浦に永らく住む鶴に問いかけるのである。ところで、後水尾天皇は宮中に松を植えたことがあるようだ。「ももしきや栽《う》ゑし我がよも思ふにはいく程ならぬ松の木高さ」（『後水尾院御集』・雑・八七八・題「松」）（宮中に植えた松の高さもそれほどではなく、私の御世も思えばそんなに経っていない）と詠んでいるが、同じ「松」の題で「百敷《ももしき》や松《まつ》のおもはんことの葉《は》の道《みち》をふるきにいかでかへさん」（『後水尾院御集』・雑・八七七）（私が宮中に植えた松が思い願うであろうように、和歌の道を、盛んであった遠い昔の王朝の御世にようにどのようにして返そうか）と詠んでいる。このように、最大の関心事のひとつであった和歌の道の復興を、後水尾天皇は生涯をかけて見事に成し遂げて次世代につないでゆくのである。

11

霜《しも》の後《のち》の松《まつ》にもしるしさかゆべき我《わ》が国民《くにたみ》の千代《ちよ》のためしは

後光明《ごこうみょう》天皇

【出典】『後光明天皇御製』（『皇室文学大系』第三輯、名著普及会、一九七九年）

霜が降りた後も変わることのない松の葉の緑の色にも明白だ。わが国の民が千年の後までも長い年月繁栄するしるしは。

【閲歴】寛永《かんえい》十年（1633）、後水尾《ごみずのお》天皇の第四皇子として誕生。同十九年（1642）十二月に親王宣下《しんのうせんげ》。翌二十年十月三日、明正《めいしょう》天皇の譲位《じょうい》により践祚《せんそ》、同月二十一日に即位《そくい》。朱子学を熱心に学び、朝山意林庵《あさやまいりんあん》などの民間の朱子学者《しゅしがくしゃ》を招いて進講をさせ、藤原惺窩《ふじわらせいか》の功績を高く評価してその文集に自ら序を与えたのは、きわめて異例であった。詩作にも励み、詩集に『鳳啼集《ほうていしゅう》』がある。正保《しょうほう》三年（1646）、応仁の乱で中断していた伊勢例幣使を再興した。承応二年（1653）年、皇居が炎上し、仙洞御所を仮御所《かりごしょ》とし、そこでも進講を受けることを続けたが、承応《じょうおう》三年（1654）九月二十日、痘瘡《とうそう》のため、仙洞御所において、二十二歳で崩御《ほうぎょ》した。

【題・日付・歌会名】松添栄色・寛永二十年十一月九日・御代始

寛永《かんえい》二十年（1643）十月三日、異母姉である明正《めいしょう》天皇の譲位により践祚《せんそ》、同月二十一日に紫宸殿《ししんでん》で即位の礼を行った後光明《ごこうみょう》天皇は、十一月九日の和歌御会始に天皇としてのはじめての御製《ぎょせい》を出詠した。その御製が掲出歌である。この時天皇は十一歳であった。

明経道《みょうぎょうどう》（儒学）を家業とする伏原賢忠《ふしはらまさただ》を師範として、正保《しょうほう》四年（1647）から慶安《けいあん》三年（1650）にかけて『論語』を、慶安三年から四年（1651）にかけては『孟子』を、承応《じょうおう》二年（1653）には『中庸』『周易《しゅうえき》』と、継続して儒学の学習を進め（松澤克行「近世の天皇と芸能」『天皇の歴史10巻　天皇と芸能』、講談社、二〇一一年）、藤原惺窩《せいか》の学問に共感して尊敬し、惺窩の文集に序文を寄せているほど、漢学や詩作に極めて熱心だった。一方、和歌に関しては御製数が少なく、親しみをもてなかったようである。

ある時、後光明天皇が後水尾《ごみずのお》上皇のいらっしゃる仙洞《せんとう》へ御幸《ぎょうこう》された折に、後水尾上皇から、日本の国の風習であるから和歌にもぜひともなれ親しむようにと勧められたが、天皇は、過去に国家の政治に志のある者で詩歌に専心した者はめったにおりませんと返答し、その場の雰囲気をこわしたまま内裏《だいり》に帰った。その夜遅く、天皇が「誰かいるか。和歌百首の題を献上《けんじょう》せよ」とおっしゃったため、宿直していた冷泉殿が百首の題を奉《たてまつ》ると、一晩中、一睡もなさらずに暁までに百首の御詠草をお詠みになり、後水尾上皇に進上《しんじょう》。詠草を見た後水尾上皇は感心し格別に喜んだ（『正保遺事《しょうほういじ》』）という逸話が後世に流布している。後水尾上皇は「朝廷の大事、歌道にあり。殊に学ぶべきの由《よし》」（朝廷の大事は歌道にある。したがって歌道はとりわけ熱心に学ぶべきである）（『基熙公記《もとひろこうき》』）と述べ、自身も生涯をかけて和歌に情熱を注ぎ大成したが、それは、日本の国にいにしえから伝わる和歌が天皇を象徴する芸能となっていることを自覚し、政治的権力を失った天皇の存在意義を見出すものと考えをめぐらせていたからではないかという（前掲松澤論文）。後水尾上皇から後光明天皇に示された「御芸能《ごげいのう》のことは、禁秘抄《きんぴしょう》に委《くわし》く載《のせ》られて候《そうら》へども、今の世にては、和歌第一に御心《みこころ》にかけられ、御稽古《おけいこ》あるべきにや」（御芸能のことは、順徳《じゅんとく》天皇の『禁秘抄』にも詳しく掲載されているが、今の世にあっては、和歌を第一に心がけられ、お稽古なさるべきである）（東山御文庫《ひがしやまごぶんこ》所蔵「御訓誡書《ごくんかいしょ》」）という教訓も残っているように、後水尾上皇は、後光明天皇にも歌道を究めてほしかったが、二十二歳で崩御《ほうぎょ》するまで和歌への熱意が天皇に芽生えることはなかった。

松は落葉せず、一年中常に緑の葉を保ち、樹齢が長い。晩秋や冬になって霜が降ると、他の樹木は葉を落とし、色を変え、寒々とした冬の景色となるが、松だけは色を変えない。後水尾上皇はそのような松の様子をもちいて「霜の後の松こそうけれつれなさの色もかはらぬなげきせしまに」(霜の降った後でも色の変わらぬ松ほどつらいものはない。その松のように、嘆いている間に、あの人の私に対する冷淡さが変わることもない)(後水尾院御集・一一六三・題「顕恋」)と詠んでいるが、後光明天皇は、父後水尾上皇と同じ「霜の後の松」を初句にすえることによって、霜が降りたのちにも決して変容することのない常緑樹の松に、国の民がながらく変わることなく栄えてゆくことをことほいでいる。みずからが皇位につき、天皇として始めて公《おおやけ》に詠出する御製として、これから先の国の民を思う歌を詠んでいるのである。

12

いつまでもかくてをあれな散《ち》る跡《あと》につぎて桜《さくら》の咲《さ》き続《つづ》きつつ

後西《ごさい》天皇

【出典】『水日集』（『皇室文学大系』第三輯、名著普及会、一九七九年）

いつまでも、このようであってほしい。桜が散ってしまったあとに続いて、また新たな桜の花が咲く、というように桜がずっと咲き続けていることよ。

【閲歴】寛永《かんえい》十四年（1637）、後水尾《ごみずのお》天皇の第八皇子として誕生。正保《しょうほう》四年（1647）高松宮好仁親王《たかまつのみやよしひとしんのう》の後を承けて高松宮を継承、桃園宮《ももぞののみや》・花町宮《はなまちのみや》と称す。慶安《けいあん》元年（1648）親王宣下《しんのうせんげ》。同三年（1650）四月、十四歳で後水尾上皇が主催する仙洞《せんとう》和歌御会始に出座し仙洞和歌御会の一員となる。翌四年（1651）十一月、後水尾上皇から拝領した童直衣《わらわのうし》を着用し仙洞御所で元服。その後式部卿《しきぶきょう》に任ぜられ、承応《じょうおう》二年（1653）正月には一品《いっぽん》に叙《じょ》せられる。同年七月から九月にかけて、十七歳で、将軍となった徳川家綱《いえつな》の慶賀のために関東に下向した。承応《じょうおう》三年（1654）九月、疱瘡《とうそう》のために二十二歳の後光明《ごこうみょう》天皇が崩御《ほうぎょ》した際、養子の識仁《さとひと》親王（後の霊元《れいげん》天皇）が幼かったため、成長まで皇位を継ぐこととなり、同年十一月、十八歳で践祚《せんそ》。明暦《めいれき》二年（1656）正月、紫宸殿《ししんでん》において二十歳で即位。和歌・連歌に堪能で古典への造詣も深かった。書道・古筆鑑定・茶道・華道・香道を能くし、記録類を謄写させ副本を作成。これらの蒐書《しゅうしょ》が京都東山御文庫の基礎となった。寛文《かんぶん》三年（1663）正月、識仁親王（後の霊元天皇）に譲位《じょうい》。貞享《じょうきょう》二年（1685）四十九歳で崩御《ほうぎょ》。

寛永《かんえい》十四年（1637）十一月十六日、秀宮（後の後西天皇）が誕生したとき、父である後水尾上皇は天皇の位を明正《めいしょう》天皇に譲り院政をしいていた。寛永十七年（1640）正月二十八日、後水尾上皇は、皇子たちを仙洞御所に招いて饗宴を催すが、四歳の秀宮も、この宴に同席している。この時、後に秀宮が皇位につくとは周囲の誰も思わなかっただろう。寛永二十年（1643）十月、七歳の時に、姉である明正天皇が譲位し、兄の紹仁《つぐひと》親王（後の後光明《ごこうみょう》天皇）が即位するが、承応《じょうおう》三年（1654）九月、痘瘡《とうそう》のために二十二歳で急逝すると、高松宮《たかまつのみや》を継承していた良仁《ながひと》親王（後の後西《ごさい》天皇）に白羽の矢が当たり、十八歳で践祚《せんそ》、二十歳で即位する。次の天皇にとみなされていた識仁《さとひと》親王（後の霊元《れいげん》天皇）が生後四ヶ月であったため、成長するまでの中継ぎの皇位と決められていたという。即位した後西天皇は、幼い頃から将来天皇にと定められていたわけではなかったため、天皇としての特別な教育を受けていなかったが、これまでの天皇が経験したことのない、将軍家綱《いえつな》の慶賀のために江戸に下向し、江戸城に登城して多くの武家と接するという珍しい経験ももっていた。

後西天皇が、宮廷歌会の一員としてゆるされて初めて出座したのが、父で

【題・日付】花有遅速・貞享元年三月二十七日

ある後水尾上皇が主催する慶安《けいあん》三年（1650）四月十九日に仙洞で行われた和歌御会始であった。践祚《せんそ》する四年前の十四歳のときであった。秀丸（後の後西天皇）は「夏祝言《なつのしゅうげん》」の題で「千世《ちよ》ふとも声はふりせじ年ごとになほ珍《めず》らしき山郭公《やまほととぎす》」（千年の時が過ぎても、その声が古びることはないだろう。年が改まるたびに、すばらしい声で鳴く、里におりてくる前の、まだ山に住んでいる山ほととぎすの目新しい声は）という和歌を詠進した。夏とともに山から里におりてくる山ほととぎすの珍しい声を、古来、人々は待ちわび、人に先んじてその声をきくことをよしとしたが、十四歳の秀丸は、そのことをよく踏まえて歌を詠んでいる。しかし、天皇歌人としての教育はまだ施されていなかった。

後水尾上皇から後西天皇に、宮廷歌壇を領導する天皇として育てるための特別な訓練が行われたのは、即位後の万治《まんじ》二年（1659）五月一日から寛文《かんぶん》二年（1662）四月までの足掛け四年間にわたって行われた『万治御点《まんじおてん》』であった。この歌の勉強会の主な目的は後西天皇を天皇歌人として鍛えることであり、後水尾上皇が智仁《としひと》親王から相伝された古今伝受《こきんでんじゅ》を次世代に繋げるための、天皇としての実力を後西天皇につけることであった。訓練の目的は達成され、後西天皇は名実ともに天皇歌人としての力をつけ、寛文四年（1664）に後水尾上皇から古今伝受を継承し、天和《てんな》三年（1683）に弟の霊元《れいげん》天皇に相伝することによって役割を果たした（上野洋三『宮廷の和歌訓練『万治御点』を読む』臨川書店、一九九九年）。

掲出歌は、天和三年（1683）四月、後西上皇が弟の霊元天皇に古今伝受を相伝した翌年の貞享《じょうきょう》元年（1684）三月二十七日、四十八歳のときの御製《ぎょせい》である。霊元天皇が皇位につくまでの中継ぎの天皇として即位し、父の後水尾上皇から厳しい和歌の訓練を受けて古今伝受を相伝されるまでの実力を身につけ、それを次世代に渡した後の後西上皇が見た桜である。桜が散ってしまったあとにも、さらに新たな桜が咲き、それが咲きつがれてゆく。そのような桜の咲き方は、まさに後西上皇が生涯をかけてうちこみ、次世代につないだ宮廷文化のありかたそのものではないだろうか。この御製を詠んだ約一年後の貞享二年（1685）二月二十二日、後西上皇は四十九歳で崩御する。

13

末《すゑ》とほくおのが千年《ちとせ》のよはひをも契《ちぎ》れ雲井《くもゐ》の庭《には》の友鶴《ともづる》

東山《ひがしやま》天皇

遠い未来である私の千歳の寿命をも約束してくれ。宮中の庭に住む仲のよい雌雄の鶴よ。

【出典】『東山天皇御製』(『皇室文学大系』第三輯、名著普及会、一九七九年)

【閲歴】延宝《えんぽう》三年(1675)、霊元《れいげん》天皇の第四皇子として誕生。天和《てんな》二年(1682)三月、儲君《ちょくん》に定められ、十二月に親王宣下《しんのうせんげ》。翌三年二月に立太子《りったいし》、貞享《じょうきょう》四年(1687)正月に元服《げんぷく》。同年三月父霊元《れいげん》天皇より皇位《こうい》を受け、四月に即位《そくい》。十一月に大嘗会《だいじょうえ》が行われる。東山《ひがしやま》天皇の即位後、霊元上皇が内裏《だいり》にたびたび御幸《ごこう》。東山天皇は四辻公韶《よつつじきんつぐ》より箏《そう》を、辻高秀《つじたかひで》より笛《ふえ》を教授されたが、元禄《げんろく》四年(1691)三月には、禁中《きんちゅう》の庭の桜の盛りに花見をし、天皇は琴《こと》を上皇は笛《ふえ》を演奏《えんそう》している。同十一年(1698)七月には、上皇より能書方《のうしょかた》を相伝《そうでん》された。新嘗祭、賀茂祭、七夕の御遊などを再興している。宝永《ほうえい》四年(1707)の大地震や翌五年の京の大火など天変地異が続き、宝永六年(1709)六月、皇太子慶仁《やすひと》親王(後の中御門《なかみかど》天皇)に譲位《じょうい》したが、同年十二月、三十五歳で崩御《ほうぎょ》。

【題・日付・歌会名】鶴有遐《つるにかれい》齢《あり》・宝永六年三月七日・御《ご》会始《かいはじめ》

貞享《じょうきょう》四年(1687)、即位して最初の内裏《だいり》での和歌御会始《わかごかいはじめ》で東山《ひがしやま》天皇が詠んだのは「色かへぬ雲井《くもい》の庭の松がえに今より契《ちぎ》る千代《ちよ》の行すゑ《え》」(色を変えることのない宮中の庭の松の枝に、私が皇位についた今からは千年の後もこの国の変わらぬ将来を約束するのだ）（貞享四年四月十七日・禁中御会御代始《みよはじめ》・題「禁庭《きんてい》松久《まつひさし》」）という歌だった。代始《だいはじめ》の和歌御会《わかごかい》で国の将来を見据えた天皇としての自負を高らかに宣言したのである。たびたび内裏《だいり》に御幸《ごこう》する霊元上皇《れいげんじょうこう》から能書方《のうしょかた》を相伝《そうでん》され、管弦《かんげん》も能《よ》くし、元禄《げんろく》六年（1693）十九歳で朝廷での政務《せいむ》を自ら裁《さば》き決定している。ところが、天皇の在位中、数々の天変地異が起こった。宝永四年（1707）十月四日には、日本の歴史上最大級の地震のひとつであり、マグニチュード8・6とされる宝永地震《ほうえいじしん》が発生した。『輝光卿記《てるみつきょうき》』によれば、京都でも大きな揺れがあり清涼殿《せいりょうでん》の長押《なげし》が落下。その後も十二月二十八日までの間に二十八回も余震が続いている。その約五か月後の宝永五年（1708）三月八日未明《みめい》には、油小路通姉小路下《あぶらのこうじどおりあねやこうじさが》ル宗林町から出火し、みるみる火が燃え広がった。いわゆる宝永《ほうえい》の大火《たいか》である。天皇は火を避けるため、まず関白近衛家熙《このえいえひろ》邸に行幸《ぎょうこう》し、次に上御霊社《かみごりょうしゃ》、上賀茂社《かみがもしゃ》と遷幸《せんこう》し、夜になって近衛邸に遷幸してそこを仮御所《かりごしょ》としたが、この大火で御所は焼失してしまった。相次ぐ天変地異に民の心の安らかならざることを思った東山天皇は、九歳の皇太子慶仁《やすひと》親王（後の中御門《なかみかど》天皇）に譲位《じょうい》することを決める。

掲出歌は、宝永《ほうえい》六年（1709）三月七日、天皇が譲位する前に内裏《だいり》で開かれた最後の御会始《ごかいはじめ》に出詠《しゅつえい》された歌である。この時東山《ひがしやま》天皇は三十五歳。天変《てんぺん》地異《ちい》に加え、自らも風邪《かぜ》や腫物《はれもの》などの病気を繰り返していた。千歳《ちとせ》の長寿があるとされた宮中の鶴に、千歳の寿命をも約束してくれと願う東山天皇の思いが強く響いてくる。しかしながら、この歌を詠んだ約九ヶ月後に、東山天皇は疱瘡《ほうそう》のために崩御《ほうぎょ》する。

14

散《ち》りぬとも紅葉《もみぢ》ふみわけさをしかのあとつけそへむ秋《あき》の山道《やまみち》

霊元《れいげん》天皇

【出典】『霊元院御集』（『皇室文学大系』第三輯、名著普及会、一九七九年）

美しい紅葉が散ってしまっても、一面に散り敷いた紅葉を踏み分けて、牡鹿《おじか》が秋の山道に足跡を付け加えるでしょう。

【閲歴】承応《じょうおう》三年（1654）、後水尾《ごみずのお》天皇の第十九皇子として誕生。同年、後光明《ごこうみょう》天皇の養子となり皇嗣《こうし》に擬せられ、万治《まんじ》元年（1658）親王宣下《しんのうせんげ》。寛文《かんぶん》二年（1662）に元服《げんぷく》。同三年正月、後西《ごさい》天皇の譲位《じょうい》により十歳で践祚《せんそ》。二月十一日には御読書《おんとくしょ》始《はじめ》として舟橋相賢《ふなばしすけかた》から『古文孝経《こぶんこうきょう》』を授けられ、翌十二日には和歌御会始《わかごかいはじめ》で「うぐひすの声ものどけき久かたの雲ゐの春は千世も限らじ」（歌題「鶯有慶音」）と詠出している。同年四月、紫宸殿《ししんでん》で即位《そくい》。八月には御箏始。後水尾法皇立ち合いのもと四辻《よつつじ》公理より授けられている。幼少時から後水尾法皇をはじめとする宮廷の人々から英才教育を受け、宮廷和歌御会や楽御会に力を注ぎ、諸芸能に通じ、御所伝受や入木《じゅぼく》道を、東山天皇をはじめとして諸親王や廷臣達に相伝した。また、久しく途絶えていた大嘗祭・立太子式のような朝儀を再興し、宮中の記録類の整備にもつとめた。貞享《じょうきょう》四年（1687）三月、皇太子朝仁《ともひと》親王（後の東山《ひがしやま》天皇）に譲位《じょうい》、元禄《げんろく》六年（1693）十一月まで院政、正徳《しょうとく》三年（1713）八月に落飾。享保《きょうほう》十七年（1732）七十九歳で崩御《ほうぎょ》。

享保《きょうほう》六年（1721）九月二十七日、父である後水尾《ごみずのお》上皇が美しい自然の眺めに心惹かれて造営し、崩御《ほうぎょ》するまでに七十数回も御幸《ごこう》したという修学院山荘《しゅがくいんさんそう》に霊元上皇も御幸することになった。修学院山荘は比叡山《ひえいざん》西麓の音羽川《おとわがわ》扇状地の傾斜を利用して造営され、上御茶屋《かみのおちゃや》、中御茶屋《なかのおちゃや》、下御茶屋《しものおちゃや》とそれぞれの独立した庭園からなる景勝地である。造営にあたっては、後水尾上皇がみずから設計の図面を引き指揮したといい、後水尾上皇の理想を実現した山荘とされる。後水尾上皇が崩御して四十二年、上皇の皇子であった霊元《れいげん》上皇が修学院御幸を再興したのである。

出発を控えた九月十九日の夜、六十八歳の霊元《れいげん》上皇は、ありし日の後水尾《ごみずのお》上皇が明るく晴れやかに、にっこりと笑う夢を見た。後水尾上皇が愛した修学院山荘に自らが詣でることを喜んでくれているように思われたのだろうか。目が覚めた霊元《れいげん》上皇は、早朝からずっと後水尾《ごみずのお》上皇のことを思い続けて「夢ながらうれしと見つるたらちねのゑめる面影《おもかげ》いつか忘れむ」(『霊元院御集』)(夢ではあるけれど嬉しいと感じながら見た笑顔の父君のお姿をけっして忘れません)という歌を詠んだ。この歌に続けて詠まれたのが掲出歌である。詞書《ことばがき》には「おなじ院のみかどの八十の御賀にまゐらせし白がねの杖にむすびつけたりし歌のかへりごとに『つくからに千年《ちとせ》の坂もふみわけて君がこゆべき道しるべせむ』と。ありし此《ころ》山荘は代代の離宮にとおぼしおきてさせ給ひしもむなしからざる事にとまでおもひよそへられて」（後水尾上皇の八十歳のお祝いに差し上げた銀の杖に結びつけた歌の返歌に「あなたからもらった銀の杖をつくのだから千年の齢《よわい》の坂をも踏み越えて、あなたが越えなければならない道の手引きをしよう」とあった。生前の後水尾上皇が、この修学院山荘は、これからさき代々の院御所《いんのごしょ》にとお心にお決めになって造営なさったのも、むなしくならないようにとまで考え合わせて）とある。霊元上皇にとって、父後水尾上皇は帝王としての指標でもあった。

掲出歌は「奥山に紅葉踏み分け鳴く鹿の声聞く時ぞ秋は悲しき」（奥山に、一面に散り敷いた紅葉を踏み分け踏み分け来て、妻をしたって鳴く鹿の声を聞く時こそ、秋は悲しいという思いが、ひとしお身にしみて感じられることよ）（古今和歌集・秋上・読人不知）を本歌として詠まれている。修学院山荘の下御茶屋には、後水尾法皇が行幸した際の御座所《ござしょ》（居室）となった寿月観《じゅげつかん》があるが、寿月観のまわりには楓《かえで》が植えられ秋には紅葉が美しかった。そのことも踏まえての歌であろう。美しい紅葉が散ってしまったとしても、その散り敷かれた葉を踏み分けて牡鹿が秋の山道に新たな足跡を付け添えるように、後水尾上皇が亡くなっても、後水尾上皇が示してくださった道を踏みわけて、新たな事績を付け添えてゆきますという、後水尾上皇以来途絶えていた修学院御幸を再興した霊元上皇強い意思が表出された御製となっている。

なお、鈴木健一氏は、この御製を「紅葉が後水尾院、鹿が霊元院に喩えられており、後水尾院亡き後、我こそが後継者であるとする霊元院の決意表明とも取れる歌」(「近世の天皇と和歌」『天皇の歴史10巻　天皇と芸能』講談社、二〇一一年)とする。

15

折《を》りとれば色《いろ》もはえなし花《はな》ざくらいかにか見《み》せむ今日《けふ》の盛《さかり》を

中御門《なかみかど》天皇

【出典】『中御門天皇御製』（『皇室文学大系』第三輯、名著普及会、一九七九年）

枝を折りとれば、艶やかで生き生きとした色彩も失われてしまう桜の花です。内裏で今日を盛りと咲いている桜を、どのようにして仙洞にいらっしゃるあなた様にお見せいたしましょうか、お見せすることができないのが残念です。

【閲歴】元禄《げんろく》十四年（1701）、東山《ひがしやま》天皇の第五皇子として誕生。宝永《ほうえい》四年（1707）三月、儲君《ちょくん》に定められ、四月に親王宣下《しんのうせんげ》。翌五年二月に立太子《りったいし》、同六年（1708）六月に父天皇より皇位を受けて践祚《せんそ》。同七年十一月に即位《そくい》。正徳《しょうとく》元年（1711）一月、元服。即位後の元服は近来稀なことだったという。即位後は、霊元上皇（法皇）がたびたび内裏に行幸している。管弦《かんげん》の習得に熱心で笛《ふえ》・箏《そう》・琴《こと》を演奏し、書道は享保《きょうほう》十一年（1726）二月、霊元法王《れいげんほうおう》から入木道《じゅぼくどう》を相伝《そうでん》された。宮廷歌会の運営にも力を入れ、享保十七年（1732）一月二十四日の和歌御会始《わかごかいはじめ》で、中絶していた女官《にょかん》の和歌の詠進を再興した。歌道においては、享保十八年（1733）八月、武者小路実陰《むしゃのこうじさねかげ》より天仁遠波伝受《てにをはでんじゅ》を相伝され、譲位《じょうい》後の享保二十年（1735）五月に三部抄伝受《さんぶしょうでんじゅ》を、元文《げんぶん》元年（1736）五月に伊勢物語伝受《いせものがたりでんじゅ》を実陰より相伝された。享保二十年（1735）三月、皇太子昭仁《あきひと》親王（後の桜町《さくらまち》天皇）に譲位《じょうい》後は、仙洞《せんとう》において和歌御会《わかごかい》・楽御会《がくごかい》を催した。元文二年（1737）四月十日に実陰《さねかげ》より古今伝受《こきんでんじゅ》を相伝される予定だったが、かなわないまま翌十一日、三十七歳で崩御《ほうぎょ》した。朝廷の儀式に対する関心も深く撰著『公事部類』がある。

詞書によれば、やわらかな春風の吹く三月十一日、美しく咲く内裏《だいり》の桜の花を眺めながら、仙洞《せんとう》にいらっしゃる霊元上皇《れいげんじょうこう》に、なんとかしてこの美しい桜の花を見せたいなあと日がな一日思っているうちに、いつの間にか夕日の光が桜に照り添う時刻になったとある。頓阿《とんな》が「手折《たお》るとも人なとがめそさくら花けふばかりとぞ盛《さかり》をもみる」（草庵集《そうあんしゅう》・春部三・一七四）と詠んだように、桜の花を、今日のこの美しい内にと思って手折って上皇に送っても、艶《つや》やかで生き生きとした色彩《しきさい》は失われてしまうであろうという、生きている桜のその瞬間にしか味わえない美しさを知る霊元上皇への思いがあふれた歌。中御門《なかみかど》天皇は学問・管弦《かんげん》・和歌を能くしたが、霊元上皇の教えも頼りにしていたようで、享保九年（1724）十一月二十三日、二十四歳の時に仙洞の霊元上皇に以下のような和歌を贈っている。「なにごとも君にまかせて頼むぞよ言葉の道のしるべのみかは」（『中御門天皇御製』）（すべてのことを霊元上皇様にお任せして頼っていますよ。和歌の道の導きだけではなくて）。中御門天皇が皇位について以降、霊元上皇は、猿楽《さるがく》・能《のう》・舞楽《ぶがく》・闘鶏《とうけい》・蹴鞠《けまり》などを天皇と見るためにたびたび内裏に御幸《ごこう》している。天皇自身が楽器を演奏する年初の御楽始《ごがくはじめ》にも御幸し、四方拝《しほうはい》の伝授も霊元上皇が内裏で行っている。天皇は

【詞書】三月十一日院の御もとに。今日は吹く風ゆるく花の色も夕日のかげに光そひて君に見せばやとながめくらして

上皇に絶対的な信頼を寄せていたようである。霊元上皇は晩年、修学院離宮《しゅがくいんりきゅう》にたびたび御幸した。御幸のないある年の秋に、天皇は紅葉の枝とともに上皇に「この秋は御幸《みゆき》あらねどなぐさめよ飽《あ》かぬ藐姑射《はこや》の山の景色に」（この秋は修学院に御幸なさらないけれど、飽きることがないほどすばらしい仙洞御所の秋山の景色に心をなぐさめてください）という歌を贈った（『中御門天皇御製』）。春には紫宸殿《ししんでん》で南殿《なでん》の桜の宴《うたげ》や当座和歌御会《とうざわかごかい》を催し、七夕には和歌御会《わかごかい》と楽《がく》御会《ごかい》を行い、『伊勢物語』『詠歌大概』『百人一首』『三部抄』等を臣下に書写させて収集するなど、中御門天皇は敬っていた霊元上皇に劣らぬ好学であり、諸芸能への深い関心を持っていた。

16

身《み》の上《うへ》はなにか思《おも》はむ朝《あさ》な朝《あさ》な国《くに》やすかれといのるこころに

桜町《さくらまち》天皇

【出典】『桜町院御集』（『皇室文学大系』第三輯、名著普及会、一九七九年）

私の身に関わることをどうして思おうか。朝ごとに日本の国が平穏無事であれと祈る心の中に。

【閲歴】享保《きょうほう》五年（1720）一月、中御門《なかみかど》天皇の第一皇子として外祖父の前摂政近衛家熙《このえいえひろ》邸に誕生。母は近衛尚子。同年十月儲君《ちょくん》（世継ぎ）に定められ、十一月に親王宣下《しんのうせんげ》。同十三（1728）年、九歳で皇太子となり、同二十年（1735）三月、父天皇の譲位《じょうい》により十六歳で践祚《せんそ》、十一月に即位《そくい》。大嘗祭《だいじょうさい》や新嘗祭《にいなめさい》など多くの朝儀典礼を復興し、聖徳太子の再来、醍醐《だいご》天皇・村上《むらかみ》天皇のような聖主と称された。享保十四年（1729）十歳〜同二十年（1735）十六歳までは、皇太子（後の桜町天皇）を鍛えるための歌会が東宮坊《とうぐうぼう》（皇太子に関する事務をつかさどった役所）で月数度開かれ、十一歳の春からは御内会《ごないかい》に出座《しゅつざ》し毎日十首題で稽古するなど歌人としての英才教育が施された。即位して自ら宮廷歌会を主催するようになってからは、月例の月次御会《つきなみごかい》に加え、内々御法楽《ごほうらく》・御手向・御百首御会を数多く催し、自ら出題するなど歌道に熱心で嗜みが深かった。烏丸《からすまる》光栄《みつひで》・三条西公福《さんじょうにしきんとみ》から和歌の添削を受け、元文《げんぶん》三年（1738）十九歳で武者小路実陰《むしゃのこうじさねかげ》から天仁遠波伝受《てにをはでんじゅ》を、延享《えんきょう》元年（1744）二十五歳で烏丸光栄から三部抄伝受《さんぶしょうでんじゅ》・伊勢物語伝受《いせものがたりでんじゅ》・古今伝受《こきんでんじゅ》を、翌年二十六歳で光栄から一事伝受《いちじでんじゅ》を相伝《そうでん》されて御所伝受《ごしょでんじゅ》保持者となり、有栖川宮職仁親王《ありすがわのみやよりひとしんのう》からの西洞院家《にしのとういんけ》所伝の伝受箱の献上や平松家《ひらまつけ》所伝の伝授箱の叡覧など伝受資料の収集にも努めた。天皇を頂点とする歌道入門制度を宮中に導入し、この制度は幕末まで影響を及ぼした。延享四年（1747）五月、皇太子遐仁《とおひと》親王（後の桃園《ももぞの》天皇）に譲位《じょうい》したが、寛延《かんえん》三年（1750）三十一歳で崩御《ほうぎょ》。仙洞御所《せんとうごしょ》の宮名である桜町殿《さくらまちどの》にちなんで桜町院と追号された。

【題・日付】述懐・元文五年四月十九日

桜町《さくらまち》天皇の在位は十二年二ヶ月にわたったが、烏丸光栄《からすまるみつひで》・三条西公福《さんじょうにしきんとみ》・武者小路実陰《むしゃのこうじさねかげ》を師として歌道に大変熱心に取り組み、天皇を頂点とする歌道入門制度を宮中に導入し（盛田帝子『近世雅文壇の研究』汲古書院、二〇一三年）、大嘗祭《だいじょうさい》や新嘗祭《にいなめさい》、宇佐宮《うさぐう》・香椎宮奉幣使発遣《かしいぐうほうへいしはっけん》などの朝儀典礼《ちょうぎてんれい》を多く整備・復興《ふっこう》、また一連の官位制度の改革を行った。このような偉業のためか、「むかしより延喜《えんぎ》・天暦《てんりゃく》のみかどを、ひじりの御門《みかど》といひつたふ、その外《ほか》の御門は、ときにとりてはいふめれども、昇霞の後はいはぬにや、桜町院はいみじきおほんとくいまそかりけるをあふぎて、いまに聖主と申すなり」（昔から醍醐《だいご》天皇・村上《むらかみ》天皇を徳の高い天皇と言い伝えるが、その他の天皇は、場合によっては言うようであるが、崩御《ほうぎょ》の後は言わないのか。桜町院はたいそうすばらしいご人徳がおありになるのをうやまって、今もなお聖主〈きわめて徳の高い、すぐれた君主〉と申すのだ）（柳原紀光《やなぎわらもとみつ》『閑窓自語』）と、崩御した後もなお「聖主」として評されていたことが知られる。これは、紀光のような廷臣のみでなく、後に皇位を継承した光格《こうかく》天皇も、桜町天皇を「桜町聖皇」と記述し、その意思を継いで石清水八幡宮《いわしみずはちまんぐう》・賀茂社の臨時祭を再興している（藤田覚『光格天皇 自身を後にし天下万民を先とし』ミネルヴァ書房、二〇一八年）。このように崩御の後にも「聖主」「聖皇」として称えられたのが桜町天皇なのである。桜町天皇の天皇としての強い自覚は、御製からもうかがうことができる。たとえば、飛鳥井雅香《あすかいまさか》から「治民」といふ名のお香を献上された際に「治《おさ》まれる民《たみ》のつかさのまつりごと昔のままにかへるをも見よ」という御製を詠んでいる。民部卿《みんぶきょう》であった雅香に「民のつかさ」（民部省）と香名「治《おさ》まれる民《たみ》」ということばを詠みこんで、自身の御代が、さまざまな朝廷の儀式が昔の状態に戻り、穏やかで安定した御世であることを御製で示しているのである。

掲出歌は、元文《げんぶん》五年（1740）四月十九日、桜町天皇が皇位についてから五年目の春に「述懐《じゅっかい》」という題で詠んだ歌であるが、二十一歳の桜町天皇の、天皇としての自覚がよくあらわれている。下橋敬長《しもはしゆきおさ》『幕末の宮廷』（東洋文庫、一九九二年）によれば、天皇は、朝目覚めると水でうがいをし、糠袋《ぬかぶくろ》で手を洗って、一日おきあるいは三日ごとに歯に鉄漿《おはぐろ》をつけて身支度《みじたく》をし、常《つね》の御居間（常《つね》の御殿《ごてん》の中の一間）で毎朝、神様、仏様、御陵（皇室の菩提《ぼだい》所である泉涌寺《せんにゅうじ》）などに向かって手をあわせて祈ったという。御製からは、毎朝、自身のことは少しも考えず、ただただ日本の国が無事で安らかにあること、世の中が穏やかであることを一心に祈る天皇としての桜町天皇の意識が強く感じられる。

桜町天皇は、譲位前最後の御会始で「年ごとにめでしを花も忘れずば来て見む千代の春もちぎらむ」（延享《えんきょう》四年〈1747〉正月二十四日・題「毎年愛花《まいねんはなをあいす》」）と、在位中私が毎春のように慈しんできたことを南殿の桜が忘れないならば譲位後もまた来て見ようと詠み、院政をしく意思があったようだが、譲位後の寛延《かんえん》三年（1750）三十一歳で崩御《ほうぎょ》。仙洞御所《せんとうごしょ》の宮名である桜町殿《さくらまちどの》にちなんで桜町院と追号された。

17

咲《さ》きつづく花《はな》をひかりにしらみゆく面影《おもかげ》あかぬ春《はる》のあけぼの

桃園《ももぞの》天皇

【出典】『桃園天皇御集』（『皇室文学大系』第三輯、名著普及会、一九七九年）

どこまでも咲き続く桜の花の淡白紅色を光として徐々にあたりが薄明るくなってゆく、その情景が名残惜しい春の日の明け方であることよ。

【閲歴】寛保《かんぽう》元年（1741）、桜町《さくらまち》天皇の第一皇子として誕生。同三年（1743）正月に儲君《ちょくん》に定められ、三月に親王宣下《しんのうせんげ》。同四年（1744）三月に元服《げんぷく》、皇太子となり、五月に父桜町《さくらまち》天皇の譲位《じょうい》により践祚《せんそ》、九月に即位《そくい》した。寛延《かんえん》二年（1749）九歳で有栖川宮職仁親王《ありすがわのみやよりひとしんのう》に歌の添削を受け、同四年（1751）十一歳で職仁親王に歌道入門。古今集や伊勢物語などの講釈を受けながら宝暦《ほうれき》六年（1756）、十六歳で御所伝受《ごしょでんじゅ》の第一段階である天仁遠波《てにをは》伝受を相伝《そうでん》された。翌七年（1757）十七歳の時、徳《とく》大寺《だいじ》公城《きみき》、正親町三条公積《おおぎまちさんじょうきんつむ》、烏丸光胤《からすまるみつたね》、西洞院時名《にしのとういんときな》などの公卿は若い桃園《ももぞの》天皇に、朝廷の政権回復の心構えを説く竹内《たけうち》式部《しきぶ》の学説にのっとった『日本書紀』を進講し、天皇は傾倒する。朝廷と幕府の関係悪化を恐れた前関白《さきのかんぱく》一条道香《みちか》らは、同八年（1758）徳大寺等を処罰して天皇の周囲から排除した。同九年（1759）には三部抄伝受《さんぶしょうでんじゅ》・伊勢物語伝受《いせものがたりでんじゅ》を、同十年（1760）には古今伝受《こきんでんじゅ》・一事伝受《いちじでんじゅ》を職仁親王から相伝され、二十歳で代々天皇を中心とする堂上歌人《とうしょうかじん》に伝えられた歌道秘伝である御所伝受《ごしょでんじゅ》の保持者となった。漢学にも造詣《ぞうけい》が深く、蹴鞠《けまり》の作法も優美だったといい、宮廷歌壇を牽引《けんいん》してゆく期待を持たれていたが、在位十六年にして、宝暦《ほうれき》十二年（1762）二十二歳で崩御《ほうぎょ》。儲君英仁《ちょくんひでひと》親王（後の後桃園《ごももぞの》天皇）が幼少のため、皇姉《こうし》智子《としこ》内親王（後の御桜町《ごさくらまち》天皇）が践祚《せんそ》することとなった。ここに女性天皇が登場することとなる。

宝暦《ほうれき》十年（1760）四月二十四日の月次《つきなみ》御会で詠出された歌。題は「春曙《はるのあけぼの》」。桜の花の淡い白紅色を起点として、しだいに薄明るくなってゆく幻想的な春の明け方の情景を詠む。【閲歴】で述べたように、桃園《ももぞの》天皇は天皇歌人としての英才教育を受けながら、御所伝受《ごしょでんじゅ》を次世代に伝え得る天皇となった。この幻想的な歌は二十歳の時に詠んだものとなる。桃園天皇は、宮中の桜の歌をたびたび詠んでいる。「ことしげき世をも忘れてあかず見む雲井《くもい》の庭の花のさかりは」（宝暦五年三月十日・題「禁中花《きんちゅうのはな》」）（することが多くて忙しいこの世を忘れていつまでも飽きることなく見よう。紫宸殿《ししんでん》の南殿《なでん》の桜が爛漫と咲き誇る花盛りには）、「世は春のかぜのどかにて花ざかりめづる雲井の庭の木のもと」（宝暦十二年四月二十二日・水無瀬宮《みなせぐう》御法楽《ごほうらく》・風静見花《かぜしづかにしてはなをみる》）（この世は春風が穏やかに吹き桜が咲き誇っている。紫宸殿の南殿の桜の木のもとで、その美しさを十分に味わうことだ）、「飽かずなほいく日《か》もめでむ咲きそむる雲井の庭の花のした蔭《かげ》」（宝暦十一年四月十六日・御著到百首《ごちゃくとうひゃくしゅ》・初花）（飽きることなく、なおいっそう何日もいつくしみ、桜花の美しさを味わおう。咲き始めたばかりの紫宸殿の南殿の桜の一樹の下でそう思うことだ）。繰り返し詠まれる「雲井の庭の花」は、歴代の天皇によって、紫宸殿の前の南階段下に植えられてきた南殿の桜のこ

【題・日付・歌会名】春曙《はるのあけぼの》・宝暦十年四月二十四日・月次《つきなみ》御会

とで、天皇や天皇に近い皇族・公卿しか見ることができないため、王権の象徴として詠まれてきた。桃園天皇は、宝暦七年（1757）十七歳の時、若い公卿が竹内式部《たけうちしきぶ》の学説にのっとり、朝廷の政権回復の心構えを説く『日本書紀』を進講した際に、はなはだしく傾倒するということがあった。その一年前に詠まれたのが「聴《きく》」という題で詠まれた「身の恥《はじ》も忘れて人になにくれと問ひ聞く事ぞさらにうれしき」（宝暦六年六月二十四日・月次御会）（恥を忘れて人にいろいろと問いたずねることは、ますます嬉しい）という和歌である。幼少時から向学心旺盛《こうがくしんおうせい》な天皇ではあったが、この歌には、天皇の学ぶ歓びの心情がありありとうかがわれる。

18

あさからぬ恵《めぐみ》の露《つゆ》のことの葉《は》をわすれがたみにしのぶかなしさ

有栖川宮職仁親王《ありすがわのみやよりひと》

【出典】『職仁親王行実』（『近世有栖川宮歴代行実集成』四、ゆまに書房、二〇一二年）

御存命中にかけていただいた浅からぬお恵みのお言葉を、今はなき桃園天皇の思い出として、ひそかに思い慕うことが悲しい。

【閲歴】正徳《しょうとく》三年（1713）、霊元《れいげん》天皇の第十七皇子として誕生。享保《きょうほう》元年（1716）九月、有栖川宮正仁親王《ありすがわのみやただひと》の薨去により、同年十月、四歳で有栖川宮家を継承。同四年（1719）、伏原宣通《ふしはらのぶみち》を師範として読書始《とくしょはじめ》、古文孝経《こぶんこうきょう》を読習する。同七年（1722）十歳で霊元《れいげん》上皇の和歌添削が開始され、翌八年（1723）十一歳で仙洞御会始に詠進、三條西公福《さんじょうにしきんとみ》の古今集講釈を聴き、翌九年（1724）十二歳で烏丸光栄《からすまるみつひで》の古今集講釈を聴聞。その後、内裏・仙洞の和歌御会の一員となる。享保十七年（1732）、職《より》仁《ひと》親王が二十歳のときに霊元法皇が崩御するが、それまで法皇のご機嫌伺《きげんうかが》いのため仙洞に参り、梅や桜・牡丹などの季節の花々や、手づから採取した初茸・松茸を詠草と共に進献し、修学院離宮《しゅうがくいんりきゅう》に霊元法皇が御幸《みゆき》する際には同地に赴き、霊元法皇もまた有栖川宮邸にたびたび御幸するなど、極めて良好な間柄であった。入木《じゅぼく》道においては、中御門《なかみかど》上皇の院宣によって能《のう》書方《しょほう》および入木道灌頂《じゅぼくどうかんじょう》に関する家伝《かでん》箱を開見《ひらきみ》し、のちに独自の筆法を案出して有栖川流の始祖となっているが、幼少時から霊元天皇に就いて宸翰流《しんかんりゅう》を修練しており、歌道・入木道の両道において霊元法皇の影響は大きかった。霊元法皇が在世中に烏丸光栄《からすまみつひで》・三条西公福・水無瀬氏成《みなせうじなり》・高松重季《たかまつしげすえ》・武者小路実陰《むしゃのこうじさねかげ》に勅命して編纂した『新類題和歌集《しんるいだいわかしゅう》』の遺業を承《う》けて浄書本《じょうしょほん》を完成させ、寛延《かんえん》二年（1749）に桜町《さくらまち》上皇の院宣《いんぜん》を拝して序文を付し、出版を企画したが、生前に出版することは叶わなかった。職仁《よりひと》親王は、光栄より天仁遠波伝受《てにをはでんじゅ》・三部抄伝受《さんぶしょうでんじゅ》・伊勢物語伝受《いせものがたりでんじゅ》・古今伝受《こきんでんじゅ》・一事伝受《いちじでんじゅ》を相伝《そうでん》されて御所伝受《ごしょでんじゅ》の保持者となり、恩師光栄への畏敬の念は生涯変わらなかった。歌人としての力量は群を抜いており、桃園《ももぞの》天皇・後桜町《ごさくらまち》天皇・後《ご》桃園《ももぞの》天皇の歌道師範となり、天皇の御下問《ごかもん》には懇切丁寧に応えて指導し、御所伝受を相伝した。天皇以外にも皇族・公卿・

諸大名・学僧など、堂上・地下の身分や男女の別を問わず、三百名ほどの歌道門人がおり、有栖川宮《ありすがわのみや》邸内で当座《とうざ》和歌会を催し、書簡などで和歌添削・指導を行った。事務処理を行う和歌方《わかかた》を数名置くほどの忙しさであったという。門人中、桂《かつら》宮《のみや》家仁《やかひと》親王や飛鳥井雅香《あすかいまさか》などの皇族・公家に御所伝受を相伝し、地下門人の中には『和訓栞《わくんのしおり》』を著した谷川士清《たにがわことすが》、富士谷《ふじたに》成章《なりあきら》等もいる。家集に自撰の『其葉集《そのはしゅう》』がある。明和六年（1769）五十七歳で薨去《こうきょ》。

宝暦《ほうれき》十二年（1762）七月十二日、桃園《ももぞの》天皇が崩御《ほうぎょ》された。時に二十二歳。儲君英仁《ちょくんひでひと》親王（後の後桃園《ごももぞの》天皇）が幼少だったため、智子《としこ》内親王（後の後《ご》桜町《さくらまち》天皇）の践祚《せんそ》が決まり、崩御から九日後の二十一日に桃園天皇の喪《も》が発表された。歌道の師として、桃園天皇にお仕えしていた職仁《よりひと》親王の悲しみは深く、桃園天皇の発喪《はつも》の日に詠んだのが掲出歌である。和歌には長い詞書がある。以下に一部引用する。「ことし宝暦《ほうれき》十二年文月《ふみづき》廿一日、桃園院ながきわかれとならせたまひぬ（中略）御在世には、ことの葉の道をふかくあふぎたまひ、新しくたづねきかせたまひて、たび〳〵をしえをさづけたてまつりしなり、ちかきころたれこめしより、久しくうちにもまいらず、こぞの夏、三《み》とせへだててまいりしときも、むつまじくおましちかくさぶらひ、御物かたりありしに、かしこまりおもひて、いささかこころに思ひつづけはべる事など、そうし侍《はべり》ければ、ことばの道のおやとたのみて、と仰《おおせ》ありしを、此《この》ころのなげきにも、おもひ出《いで》て、いとど袖もひがたく侍《はべ》りて（今年、宝暦《ほうれき》十二年七月二十一日、桃園院は、永久に会えない別れとおなりになった。（中略）御在世中には、和歌の道を深く尊敬なさり、私に新しいご質問をなさって、たびたび教授申し上げました。ちかごろ私が家に閉じこもるようになってから、久しく内裏《だいり》にも参らず、去年の夏、三年ぶりに参内《さんだい》した時も、親しく天皇のお近くにお仕えし、天皇からお話がありましたので、恐れ謹む気持ちをいだいて、いくつか心に思い続けておりましたことなどを申し上げましたところ、「歌の道の親だと頼りにしている」と仰せがあったことを、このごろのご崩御を歎く中にも、思い出して、涙で濡れた袖が乾くこともできないほどでございまして）」。桃園天皇は、職仁親王のことを歌道の親として尊敬して近しく思い、頼りにしていたことが知られるのである。同年（1762）閏《うるう》四月二十六日に、職仁親王が参内したところ、桃園天皇より『伊勢物語』『源氏物語』の切紙伝受《きりがみでんじゅ》に関して詳細なお尋ねがあった。本来ならば身を清めてから申し上げなければならない事柄だが、突然の勅問にどうしようもなくて、心の中で、和歌の神様である住吉・玉津島の両神に事情を詳細に説明したという。その後、神慮を恐れた職仁親王は「みちのためあふぐ住よし玉つしまもろ心にもわれまもりてよ（歌道のために敬う住吉・玉津島の歌の神よ。

心をひとつに合わせて私を守ってください）」と詠んでいる。歌道に対する桃園天皇のまっすぐで旺盛な向学心は、職仁親王の心を動かすほどの熱量をもっていたのである。

崩御の前年にあたる宝暦十一年（1761）九月二十日、職仁親王は金閣寺辺りで茸狩《たけがり》を催し、採集した松茸一籠《まつたけひとかご》を桃園天皇に進献した。その日、職仁親王は「和歌しるべちかみち」という短文を記した。「歌はただ心をしづかにして、物にうばはれず、題をとらば、その題にひたすら心をうつして、よむべきなり。扨《さて》、つねぐ〜は、新勅撰集《しんちょくせんしゅう》を夜もひるもみ侍《はべ》りて、その作者の心のすなほなる事、その歌のいできやう、そのすがたのやすらかに、詞《ことば》つづきのうつくしき事、よくく〜工夫ありて、題にむかはば、ただ題の事のみ思ひて、心しづかに、何となくすらく〜とよむべし。ただうたのよきやうにとおもへば、それにまよびて、心しづかならずして、よくよむとおもふゆへ、よき歌はいできぬ事なるべし」（歌は、ただ心を静かに落ち着けて、ものに心を奪われず、題を取れば、その題にひたすら注意を向けて詠むべきである。さて、普段は、新勅撰集を夜も昼も読んで、その作者の心の素直であること、その歌のでき方、歌の姿が穏やかで、ことばの続き方の美しいことなどを学び、よく工夫して、題に向かえば、ただ題のことだけを思って、心を落ち着けて、なんとはなしにすらすらと詠むのがよい。ただ、上手に歌を詠もうと思えば、そのことで心が乱れて、心が落ち着かなくなり、良く詠もうと思うから、良い歌はできないのである）（宝暦十一年九月二十三日「和歌しるべちかみち」）。桃園天皇への歌道教育の一端がうかがわれる文章である。

職仁親王は、天皇を中心とする宮廷に伝わる御所伝受を桃園天皇に相伝し、歌道師範として、お傍に仕えつつお尋ねに応じて細やかに教育を施していた。桃園天皇の将来に宮廷の歌道の行く末を託し期待をこめて見守っていたはずである。二十二歳という若さでの突然の崩御の悲しみと、その喪失感が掲出歌によくあらわれている。

19

いと早《はや》も春《はる》を告《つ》げてや我《わ》が園《その》に今朝《けさ》のどかなるうぐひすの声《こゑ》

後桃園《ごももぞの》天皇

【出典】『後桃園天皇御製』（『皇室文学大系』第三輯、名著普及会、一九七九年）

たいそう早くも春を告げることよ。宮中の庭に今朝おだやかに鳴く鶯の声は。

【閲歴】宝暦《ほうれき》八年（1758）、桃園《ももぞの》天皇の第一皇子として誕生。翌年（1759）正月に儲君《ちょくん》に定められ、五月に親王宣下《しんのうせんげ》。宝暦十二年（1762）七月、父桃園《ももぞの》天皇の崩御《ほうぎょ》の際に幼少であったため、皇位は伯母《おば》にあたる智子《としこ》内親王（後桜町《ごさくらまち》天皇）が継承。明和五年（1768）二月に皇太子《こうたいし》となり、同六年（1769）正月の内裏御会始《だいりごかいはじめ》に初めて出座《しゅつざ》、宮廷歌会の一員となる。同七年（1770）十一月に十三歳で受禅《じゅぜん》（皇位を譲りうけること）、同八年（1771）四月に即位《そくい》した。後見人である後桜町《ごさくらまち》上皇は、譲位《じょうい》後も仙洞《せんとう》から内裏《だいり》へしばしば御幸《ごこう》し年若い後桃園天皇と対面、天皇が主催する当座和歌御会《とうざわかごかい》始等にも出座している。安永《あんえい》四年（1775）五月に後桜町上皇から天仁遠波《てにをは》伝受《でんじゅ》を相伝《そうでん》された。在位《ざいい》十年にして安永八年（1779）二十二歳で崩御《ほうぎょ》。当時、一歳の皇女《こうじょ》（後の光格《こうかく》天皇の中宮欣子内親王《よしこないしんのう》）があるのみであったので、閑院宮典仁親王《かんいんのみやすけひとしんのう》の王子祐宮《さちのみや》（後の光格天皇）を養子として皇嗣《こうし》とした。

【題・日付・歌会名】早春《そうしゅんの》鶯《うぐいす》・安永五年正月二十六日・内裏和歌御会

安永《あんえい》五年（1776）正月二十六日、十九歳の春に、後桃園《ごももぞの》天皇が主催する内裏和歌御会始《だいりわかごかいはじめ》に出詠した歌。題は「早春鶯《そうしゅんのうぐいす》」。同じ題で詠まれた古歌としては鷹司冬平《たかつかさふゆひら》の「をさまれる御代《みよ》の春とや鶯《うぐいす》のなくねもけさはのどけかるらむ」（玉葉和歌集・春歌上・四〇）（穏やかに治まる御治世の春というのであろうか。今朝鳴く鶯の声もおだやかであるようだ）、また後水尾《ごみずのお》天皇の「新玉《あらたま》のはるをもこゑ《え》の内にして世ののどけさを鶯の鳴く」（後水尾院御集・春・二六）（新年のよろこびも鳴き声の内に込めて、よく治まっている治世の穏やかさをことほいで鶯は鳴くことだ）がある。いずれも、よく治まった平和で穏やかな御世《みよ》の春には、鶯の鳴き声もおだやかであると詠まれている。これらの古歌や後水尾天皇の歌を踏まえて、天皇の御製として、年の初めの内裏での公の和歌御会で、他に先んじて春が来たことを宮中に告げる鶯の鳴き声がおだやかであること、つまり今が良く治まった平和な御世であることを詠んだのである。

八か月前の安永四年（1775）五月十七日、後桃園天皇は後桜町《ごさくらまち》上皇から天皇を中心として相伝されてきた宮中の和歌秘伝の第一段階である天仁遠波《てにをは》伝《でん》受《じゅ》を相伝された。歌の門人を指導する資格を得たことになる。六月一日には伝受《でんじゅ》後の当座和歌御会《とうざわかごかい》が開かれ、後桜町上皇をはじめとする廷臣たちが参集し歌を詠んだ。後桃園天皇が「松色久緑《まつのいろひさしくみどり》」の題で詠んだのは「めぐみしるみどりも千《ち》よの色みせてさかへをあふぐわかのうら松」（後桜町天皇実録・安永四年六月一日）（和歌を守護する衣通姫《そとおりひめ》を祀《まつ》る玉津島神社の恩恵を感じて、青々と千年も変わらぬ色を見せている和歌の浦の松に、和歌の道が栄えてゆくことを願うことだ）と、天仁遠波《てにをは》伝受《でんじゅ》の保持者となった天皇として、これから先も宮中における歌道が栄えてゆくことを願う歌を詠んでいる。基礎を踏まえ、天皇歌人としてのスタートを切った後桃園天皇であったが、在位十年という短さで、二十二歳で崩御《ほうぎょ》する。

20

これも又《また》ふるきにかへせ諸人《もろひと》の心《こころ》をたねの敷島《しきしま》のみち

妙法院宮真仁法親王《みょうほういんのみやしんにんほっしんのう》

【出典】小沢蘆庵《おざわろあん》自筆六帖詠藻《ろくじょうえいそう》・春八・0234（蘆庵文庫研究会編『小沢蘆庵自筆六帖詠藻：本文と研究』、和泉書院、二〇一七年）

―これもまた昔に返せ。人々の心を源《みなもと》とする和歌の道を。―

【閲歴】明和《めいわ》五年（1768）、東山《ひがしやま》天皇の孫の閑院宮典仁親王《かんいんのみやすけひとしんのう》の第五王子として誕生。第百十九代光格《こうかく》天皇の異腹兄。明和六年（1769）二歳で妙法院《みょうほういん》を継ぎ、安永《あんえい》七年（1778）十月に妙法院に入り剃髪《ていはつ》。天明《てんめい》六年（1786）十九歳で天台座主《てんだいざす》（天台宗総《てんだいしゅう》本山比叡山延暦寺《ひえいざんえんりゃくじ》の貫主《かんじゅ》）に補《ほ》せられ、寛政《かんせい》七年（1795）天台座主を辞《じ》す。書画・詩歌をよくし、京都文壇において地下の芸文家と堂上歌人を繋《つな》ぎ、復古的な機運を盛り上げた。正式の和歌の師は父の典仁親王、その死後は兄の美仁《はるひと》親王であるが、地下歌人の小沢蘆庵《おざわろあん》を気に入り、天明六年（1786）頃から交流が始まり、和歌の指導も受けていた。漢学を村瀬栲亭《むらせこうてい》に、書を岡本保孝《おかもとやすたか》に、画を円山応挙《まるやまおうきょ》に学んだ。出入りした地下の芸文家は、他に伴蒿蹊《ばんこうけい》・皆川淇園《みながわきえん》・慈延《じえん》（大愚《だいぐ》）・呉春《ごしゅん》・円山応瑞《おうずい》などがいる。本居宣長《もとおりのりなが》・上田秋成《うえだあきなり》・賀茂季鷹《かもすえたか》・加藤千蔭《かとうちかげ》らも妙法院の主催する歌会に詠進した。文化《ぶんか》二年（1805）二月に関東に下り、村田春海《むらたはるみ》らと面会した。しかし、生来病気がちで、同年八月、三十八歳の若さで薨去《こうきょ》した。

寛政《かんせい》九年（1797）の正月、真仁《しんにん》法親王が年の初めに詠み、歌の指導をしていた小沢蘆庵《おざわろあん》に見せた歌。この歌は、上賀茂神社に仕えていた賀茂季鷹《かもすえたか》にも下賜《かし》され、江戸住みの小山田与清《おやまだともきよ》の考証随筆『松屋筆記《まつのやひっき》』にも掲載されて広く世間に流布した。慶長《けいちょう》五年（1600）、関ヶ原の戦いで石田三成《みつなり》方に攻められ田辺《たなべ》に籠城し、死を覚悟した細川幽斎《ゆうさい》が、古今伝受《こきんでんじゅ》（古今和歌集の秘伝）の奥義を途中までしか伝えていなかった智仁《としひと》親王に伝受関係資料・証明状と共に遣わした「いにしへも今もかはらぬ世の中に心の種を残すことの葉」（昔も今も変わらない世の中に人の心の種を遺すのは和歌なのである）という和歌と、門人烏丸光広《からすまるみつひろ》に遣わした「もしほ草かき集めたる跡とめてむかしにかへせわかの浦なみ」（書き集めたこの歌書をとどめて歌の道を昔の盛んな状態に返しておくれ）という和歌の二首をもとにして、真仁法親王は、掲出歌を詠んでいる。幽斎が歌道の危機に瀕《ひん》して詠んだこれらの歌を本歌として、歌道の復古を願う歌を詠み、蘆庵や季鷹など妙法院を訪れた古学に造詣《ぞうけい》の深い歌人達に伝えたのである。法親王の古志向《いにしえしこう》・古風好《こふうず》きは有名で、季鷹も「此宮《このみや》（真仁法親王）は古風《こふう》を好《この》ませ給《たま》ひければ」（『雲錦翁家集』巻一）と述べている。本居宣長《もとおりのりなが》の『古事記伝《こじきでん》』を弟である光格《こうかく》天皇に献上して天覧《てんらん》の機会を作ったり、宮廷歌会に万葉書《まんようがき》の和歌を提出して、訓読できなかった奉行《ぶぎょう》の冷泉為章《れいぜいためふみ》のためにひらがなをふったりするなど、堂上歌人としては異例の行動をとった。天明《てんめい》八年（1788）正月、京で応仁の乱以来の大惨事といわれる天明《てんめい》の大《たい》火《か》が起こり御所《ごしょ》は焼失。光格天皇は江戸幕府との交渉を経て、寛政《かんせい》二年(1790)、要望通り内裏《だいり》の紫宸殿《ししんでん》と清涼殿《せいりょうでん》を平安時代の規模と荘厳さをもった復古的なものに再建したが、この前後から京には復古ブームが沸き起こっていた(藤田覚『幕末の天皇』講談社、二〇一七年)。光格天皇と違い比較的自由に行動できた法親王は、当代一流の地下文人を積極的に妙法院に招き芸文サロンを形成し、地下歌人の間で流行している古学を積極的に取り込もうとした。この歌には、京の都の復古ブームの中に乗り遅れている歌道も、復古的な内裏のように古《いにしえ》の王権《おうけん》の時代に返せという真仁法親王の思いが託《たく》されている。

21

おほけなくなれし雲居《くもゐ》の花盛《はなざかり》もてはやし見《み》るはるも経《へ》にけり

後桜町《ごさくらまち》天皇

【出典】『後桜町天皇御集』（『皇室文学大系』第三輯、名著普及会、一九七九年）

恐れ多くも天皇となって見る宮中の桜の花盛りにも慣れてきた。振り返ってみれば桜が満開になるごとにほめそやしてきた春も八回目が過ぎてしまった。

【閲歴】元文《げんぶん》五年（1740）、桜町《さくらまち》天皇の第二皇女《おうじょ》として誕生。寛延《かんえん》三年（1750）親王宣下。宝暦元年（1751）五月、十二歳で有栖川宮職仁親王《ありすがわのみやよりひとしんのう》に入門し、六月の内裏御会始《だいりごかいはじめ》に初めて歌を提出し宮廷歌会の一員となる。宝暦十二年（1762）七月、弟の桃園《ももぞの》天皇の崩御《ほうぎょ》の際、天皇の第一皇子であった英仁《ひでひと》親王（後の後桃園《ごももぞの》天皇）が幼少だったため、その成長まで皇位を継ぐこととなり、同月二十七日に二十三歳で践祚《せんそ》、翌十三年（1763）十一月に即位。歌道に熱心だった天皇は、明和二年（1765）二十六歳の時に、職仁親王から天仁遠波伝受《てにをはでんじゅ》を相伝《そうでん》されるが、自ら、女性で宮中に伝わる歌道の秘伝である御所伝受《ごしょでんじゅ》を相伝されるのは最近あまり例のないことだと述べている。同三年（1766）には三部抄《さんぶしょう》伝受・伊勢物語《いせものがたり》伝受を、翌四年には古今《こきん》伝受と一事《いちじ》伝受を職仁親王から相伝され御所伝受の保持者となった。同五年（1768）二月に英仁親王を皇太子に立て、同七年（1770）十一月に三十一歳で十三歳の後桃園天皇に譲位《じょうい》、安永《あんえい》八年（1779）十月、二十二歳だった後桃園天皇の崩御により、閑院宮典仁《かんいんのみやすけひと》親王の王子祐宮《さちのみや》（後の光格《こうかく》天皇）が後桃園天皇の養子となって同年十一月に践祚、翌九年（1780）十二月に即位した。幼くして即位した後桃園天皇や光格天皇の後見人《こうけんにん》として、譲位後もしばしば内裏に御幸《ごこう》し、仙洞《せんとう》にありながら熱心に歌道教育を行った。伏原宣條《ふしはらのぶえだ》を仙洞に招いて論語を進講させ熱心に聴講してもいる。女性でありながら御所伝受の保持者として歴代天皇の伝統を継ぎ、近衛内前《このえうちさき》や有栖川宮織仁親王《おりひとしんのう》、光格天皇等に御所伝受を相伝し、女房歌人を含む多くの弟子を育てながら宮廷《きゅうてい》歌壇《かだん》を領導《りょうどう》した。約千六百首の御製が伝わっており、多作の天皇歌人としても知られる。在位期間は八年四か月、上皇《じょうこう》として仙洞《せんとう》にあったのは四十三年間に及ぶ。文化《ぶんか》十年（1813）七十四歳で崩御。

【題・日付・歌会名】翫花《はなをもてあそぶ》・明和七年二月二十四日・月次御会

後桜町《ごさくらまち》天皇が皇位《こうい》について八度目の春にあたる明和《めいわ》七年（1770）二月の月次《つきなみ》御会《ごかい》での歌。この年の十一月には、十三歳の英仁《ひでひと》親王（後桃園《ごももぞの》天皇）に三十一歳で譲位《じょうい》しており、天皇としての境遇に慣れ、宮中に咲き誇る満開の桜を見ながら、皇位についた八年前をふりかえる余裕が感じられる。後桜町天皇が女性でありながら皇位についたのは、宝暦《ほうれき》十二年（1762）弟の桃園《ももぞの》天皇の崩御《ほうぎょ》の際、天皇の第一皇子であった英仁《ひでひと》親王（後の後桃園《ごももぞの》天皇）が五歳だったので、成長まで急遽《きゅうきょ》皇位を継ぐこととなったためである。本来であれば皇位を継ぐべき立場になかった後桜町天皇が、女性でありながら皇位を継承し次につないでゆくことには、大きな責任を感じていたようで、明和五年（1768）正月の御会始《ごかいはじめ》では「神祇《じんぎ》」（天地の神々）という題で「まもれなほ伊勢《いせ》の内外《うちと》の宮《みや》ばしら天《あま》つ日《ひ》つぎの末《すえ》ながき世《よ》を」（伊勢大神宮の神よ、これまでに以上に守ってください。天照大神《あまてらすおおみかみ》の系統を受け継ぐ天皇たちの皇位が遠い将来までずっと続く世を）と詠んでおり、翌六年（1769）四月の月次《つきなみ》御会では「述懐《じゅっかい》」（心中の思いを述べる）という題で「おろかなる心ながらに国民《くにたみ》のなほ安《やす》かれとおもふあけくれ」（天皇としては未熟な心のままではあるが国の人々がなお一層こころ安らかに平穏無事でいられるようにと明けても暮れても思うことだ）と

河野裕子から森鷗外まで、
近現代の歌人を中心に
秀歌を厳選した
アンソロジーシリーズ。

第Ⅳ期 全20冊

笠間書院

コレクション日本歌人選

Collected Works of Japanese Poets

刊行予定のご案内

61 **高橋虫麻呂と山部赤人**《たかはしのむしまろとやまべのあかひと》［多田一臣］
長歌の達人高橋虫麻呂 人麻呂と双璧をなす山部赤人 十八年十一月予定

62 **笠女郎**《かさのいらつめ》［遠藤 宏］
大伴家持への恋のみを歌い続けた奈良時代の女流歌人 十九年二月予定

63 **藤原俊成**《ふじわらしゅんぜい》［渡邉裕美子］
古典主義的立場から幽玄の理念を樹立した平安歌人 十八年十二月予定

64 **室町小歌**《むろまちこうた》［小野恭靖］
気軽に口ずさめる短い庶民的な流行歌謡 十九年三月予定

65 **蕪村**《ぶそん》［揖斐 高］
芭蕉も及びえぬ境地を、画家としての眼が切り開いた鬼才 十九年一月予定

66 **樋口一葉**《ひぐちいちよう》［島内裕子］
伝統的美意識を凌駕し、近代文学の扉を開いた天才歌人 十九年三月予定

67 **森 鷗外**《もりおうがい》［今野寿美］
短歌という詩型にあくなき執着を込めた文豪・鷗外 十九年二月予定

68 **会津八一**《あいづやいち》［村尾誠一］
生涯歌壇の外に身を置いた、奈良大和を歌う学匠歌人 十九年一月予定

69 **佐佐木信綱**《ささきのぶつな》［佐佐木頼綱］
万葉の短歌観に自らの精神を引き継ぐ歌人・国文学者 十九年六月予定

70 **葛原妙子**《くずはらたえこ》［川野里子］
塚本邦雄に「幻視の女王」と称された戦後の代表的歌人 十九年六月予定

71 **佐藤佐太郎**《さとうさたろう》［大辻隆弘］
アララギ派の「写生」を超え、新境地を切り開いた歌人 十八年十二月予定

72 **前川佐美雄**《まえかわさみお》［楠見朋彦］
二十世紀を力強く生き抜いた昭和の大歌人 十八年十一月予定

73 **春日井建**《かすがいけん》［水原紫苑］
三島由紀夫が「現代の定家」と絶賛した天才歌人 十九年五月予定

74 **竹山 広**《たけやまひろし》［島内景二］
生涯歌い続けた長崎原爆への怒り 十八年十一月予定

75 **河野裕子**《かわのゆうこ》［永田 淳］
永田和宏を終生、思い歌い続けた女流歌人 十九年五月予定

76 **おみくじの歌**《おみくじのうた》［平野多恵］
古今東西のおみくじ和歌の豊かな世界とルーツが鮮明に 十九年四月予定

77 **天皇・親王の歌**《てんのう・しんのうのうた》［盛田帝子］
古代から近現代まで、和歌というかたちで綴る天皇のことば 十九年六月予定

78 **戦争の歌**《せんそうのうた》［松村正直］
日清・日露から太平洋戦争までの歌五十一首を厳選 十八年十二月予定

79 **プロレタリア短歌**《ぷろれたりあたんか》［松澤俊二］
労働者の叫びを知り、未来を拓く知識を獲得する歌五十首 十九年一月予定

80 **酒の歌**《さけのうた》［松村雄二］
大伴旅人、井伏鱒二…酒杯が人の生と死の悲しみから救う 十九年二月予定

特色

日本の著名な歌人を採り上げ、その代表作を厳選して紹介するアンソロジーです。
各歌には現代語訳、振り仮名、丁寧な解説つきで、高校生から大人まで、
幅広い年代層が親しめるように配慮しました。

仕様

定価：本体1,300円+税
四六判・平均128ページ・並製・カバー装

構成

解説・歌人略伝・略年譜・読書案内つき。

笠間書院
〒101-0064 東京都千代田区神田猿楽町2-2-3 NSビル
TEL 03(3295)1331 FAX 03(3294)0996
info@kasamashoin.co.jp http://kasamashoin.jp/

詠んでいる。在位中、後桜町天皇はとりわけ歌道に力を入れ、女性でありながら宮中に伝わる歌道の秘伝である御所伝受《ごしょでんじゅ》を有栖川宮職仁親王《ありすがわのみやよりひとしんのう》から相伝され、男女問わず多くの弟子を育てた。ところが安永《あんえい》八年（1779）後桃園天皇が二十二歳の若さで急逝し再び皇位継承《こういけいしょう》の危機が訪れる。閑院宮典仁親王《かんいんのみやすけひと》の王子祐宮《さちのみや》（後の光格《こうかく》天皇）が即位した際、後桜町・後桃園両天皇の治世を摂政関白《せっしょうかんぱく》として支えてきた近衛内前《このえうちさき》に対して「をろかなるわれをたすけのまつりごとなをもかはらずたのむとをしれ」（未熟である私を助けてくれた朝廷での政務、これからもより一層頼りにしていることを気づいてください）と詠んで遣《つか》わしている。十歳で即位した光格天皇の後見人《こうけんにん》としての後桜町上皇の心境《しんきょう》が吐露《とろ》されている。天皇として民を思う歌や祈りの歌、恋の歌も多く、名歌を多く遺している後桜町天皇であるが、皇位継承のための重責を感じさせる歌も節目節目に見える。譲位《じょうい》後も内裏の南殿《なでん》の桜を見るために御幸《ごこう》している。

22

ありし昔忘《むかしわす》れぬ色《いろ》に幾度《いくたび》か袖《そで》に落葉《おちば》の時雨《しぐれ》降《ふ》る頃《ころ》

有栖川宮織仁親王《ありすがわのみやおりひと》

【出典】『織仁親王行実』（『近世有栖川宮歴代行実集成』五、ゆまに書房、二〇一二年）

父宮様がご在世の昔をわすれぬ気持ちで、どれほどの回数袖に涙を落としたことでしょうか、盛んに木の葉の落ちてゆく十月の命日に。

【閲歴】宝暦《ほうれき》三年（1753）、有栖川宮《ありすがわのみや》第五代職仁《よりひと》親王の第七王子として誕生。同五年（1755）兄音仁《おとひと》親王の薨去《こうきょ》により、同六年（1756）十二月、四歳で世子宮に治定《じじょう》。同十年（1760）八歳で伯父妙法院宮尭恭入道親王《みょうほういんのみやぎょうきょうにゅうどうしんのう》に書道入門、同十一年（1761）九歳で読書始《とくしょはじめ》、明和《めいわ》四年（1767）十五歳で伏原宣條《ふしはらのぶえだ》より論語の講義を受ける。歌道においては、父職仁親王より英才教育を受け、後桜町《ごさくらまち》上皇に重用され、御所伝受《ごしょでんじゅ》の保持者として後桜町上皇歌壇・光格《こうかく》天皇歌壇で活躍。明和七年（1770）十一月、中務卿《なかつかさきょう》に推任。入木道《じゅぼくどう》においては、安永《あんえい》八年（1779）、二十七歳の時に広橋兼胤《ひろはしかねたね》より能書方《のうしょほう》の伝受を相伝《そうでん》され、天明《てんめい》四年（1784）三十四歳で入木道《じゅぼくどう》の奥秘《おうひ》を全て相伝されたのち、書道入門者をとることとなる。享和《きょうわ》三年（1803）三月には、光格天皇に入《じゅ》木道灌頂《ぼくどうかんじょう》を相伝しているが、これに先立ち、天皇に、灌頂は霊元《れいげん》天皇宸筆《しんぴつ》の切紙《きりがみ》を用いて行いたいと申し入れたが、織仁《おりひと》親王染筆の切紙で行うようにお達しがあり感涙したという。鞠道《きくどう》は、明和九年（1772）に飛鳥井雅重《あすかいまさしげ》・難波宗城《なんばむねき》へ入門、雅楽《ががく》は、安永六年（1777）に山井筑前守《ちくぜんのかみ》に入門している。文化八年（1811）五十九歳で一品宣下。繁《しげ》宮、幾《いく》宮、彌《やや》宮、織《おり》子女王、綽《ひろ》宮、萬信《まし》宮、妃福《とみ》子、壽《とし》宮と相次いで王子・王女、妃《きさき》を失い人生の無常を痛感した織仁親王は、文化九年（1812）、落飾して龍淵《りゅうえん》と号す。隠居《いんきょ》後は、読経《どきょう》・写経《しゃきょう》、洛中・洛外の観音を巡り、上賀茂の賀茂季鷹《かもすえたか》の雲錦亭《うんきんてい》内の歌仙堂《かせんどう》を訪ねるなどしている。文政《ぶんせい》三年（1820）二月二日、龍淵の重態を慮《おもんばか》り、光格上皇より韶仁《つなひと》親王に天仁遠波《てにをは》伝受《でんじゅ》を相伝、門人達の和歌添削の許可があり有栖川宮家の弟子は引き継がれた。同月十九日、六十八歳で薨去。生前、父職仁親王の在世中に霊元法皇の院宣《いんぜん》によって編集された『新類題和歌集』を開版するように指示するが上梓《じょうし》されなかった。

享和元年《きょうわ》（1801）十月二十一日・二十二日の両日、大徳寺山内龍光院《りゅうこういん》で織仁《おりひと》親王の父宮である本明圓心院宮《ほんめいえんしんいんのみや》（有栖川宮職仁親王《ありすがわのみやよりひと》）の三十三回忌の法事が行われた。職仁親王は、明和《めいわ》六年（1769）十月二十二日申刻《さるのこく》（午後四時頃）に薨去《こうきょ》したが、歌の弟子で御所伝受《ごしょでんじゅ》を相伝された後桜町《ごさくらまち》上皇は、二十一日の申刻《さるのこく》に有栖川宮邸に宸筆《しんぴつ》の勧進和歌《かんじん》・心経一巻・沈香一包を下賜して追慕している。二十二日の法事には織仁親王の妹であり近衛経熙《このえつねひろ》室の圓臺院宮《えんだいいんのみや》（董子《のぶこ》女王）も臨場し、後桜町上皇の御製《ぎょせい》をはじめ、組題《くみだい》三十首・通題《とおりだい》「寄時雨懐旧《しぐれによするかいきゅう》」で詠まれた数十首の和歌が披講《ひこう》された。掲出歌は、そのときに披講された織仁親王の一首である。

織仁親王は、有栖川宮《ありすがわのみや》第五代職仁《よりひと》親王の第七王子として誕生したが、兄である音仁《おとひと》親王の薨去《こうきょ》により四歳で世子宮に治定。その後は父である職仁親王から歌道の英才教育を受けた。十二歳で織仁親王のための稽古始歌会が開始され、十三歳で内裏の和歌御会《わかごかい》の一員に加えられたが、十七歳の時の十月に父職仁親王が危篤に陥った。多くの弟子を抱えていた有栖川宮家のことを考慮した後桜町《ごさくらまち》天皇は、急遽《きゅうきょ》、織仁親王に天仁遠波《てにをは》伝受《でんじゅ》を相伝し（相伝されれば弟子を指導することができた。職仁親王の危篤を憚《はばか》って切紙伝受《きりがみでんじゅ》のみは無し）、堂上《とうしょう》歌人の添削は父の忌明けに開始するように指示したが、地下《じげ》歌人の和歌添削はすぐに許可した。歌道家である有栖川宮家の将来を思っての後桜町天皇の特別な配慮は、職仁親王から御所伝受《ごしょでんじゅ》を相伝されたことを考慮してのことという。

織仁親王は、父の薨去後、堂上・地下を含めて約三百名に及ぶ門人を引き継ぎ指導することとなる。亡くなって二十二日目に「なげくぞよ六十《むそじ》にたらぬよはひとはあまりはかなき君がわかれを」（悲嘆にくれることだ。六十歳に達せずにお亡くなりになるとは。あまりにもむなしいお父様との別れであることだ）と、父の余りに早い死を悼み、四十九日目には「なき君にたえせずきゝしことの葉を明くれひとりしたふこし方」（今は亡きお父様がご存命だった頃、絶え間なく尋ねた和歌のことを、明けても暮れてもひとりで慕いつつ専念しています）と詠んでいるように、歌道について尋ねたいことは、まだまだ多くあったであろう。

その後、十八歳で手仁遠波伝受（切紙）を後桜町天皇から相伝され、天皇が譲位した後は、後桜町上皇の主催する仙洞和歌御会の御人数に加えられて修練を積みながら、安永《あんえい》七年（1778）に三部抄《さんぶしょう》伝受を、寛政《かんせい》六年（1794）に伊勢物語伝受を、同九年（1797）古今御講釈を拝聴した後に古今伝受を、寛政十年（1798）一事《いちじ》伝受をそれぞれ後桜町上皇より相伝されて御所《ごしょ》伝受の保持者となる。職仁親王から後桜町天皇に相伝された御所伝受であったが、有栖川宮家に返されたことになる。伝受保持者となった織仁親王は、後桜町上皇が臣下に御所伝受を相伝する際には、事前に呼ばれて切紙を内覧し、また有栖川宮家の歌道灌頂伝授箱《かどうかんじょうでんじゅばこ》を後桜町上皇の叡覧《えいらん》に供するなど、父職仁親王と同じく、歌道において後桜町上皇に諮問される役割を担うようになるほど重用された。文化《ぶんか》十年（1813）二月には、後桜町上皇の病のため、光格天皇の実兄である閑院尹宮《かんいんいんみや》とともに光格天皇の御製に勅点を施してもいる。

有栖川宮の歌道を継承する者として、霊元天皇の薫陶を受けた職仁親王の存在の大きさは計り知れないものがあったにちがいない。提出歌には、父である職仁親王の存在感が、薨去後、三十年を過ぎてもなお消えることがなかったことを物語っている。

23

ゆたかなる世《よ》の春《はる》しめて三十《みそぢ》あまり九重《ここのへ》の花《はな》をあかず見《み》し哉《かな》

光格《こうかく》天皇

【出典】『光格天皇御集拾遺』（『皇室文学大系』第三輯、名著普及会、一九七九年）

のどやかに豊かに栄えているこの世の春をわがものとして、あしかけ三十九年もの間、宮中の美しい桜の花を飽きることなく見たことだ。

【閲歴】明和《めいわ》八年（1771）、東山《ひがしやま》天皇の孫の閑院宮典仁親王《かんいんのみやすけひとしんのう》の第六王子として誕生。第百十八代後桃園《ごももぞの》天皇の急逝により、安永《あんえい》八年（1779）十一月に九歳で践祚《せんそ》、翌年（1780）十二月に十歳で即位。後桃園天皇皇女の欣子内親王《よしこないしんのう》を中宮とする。朝廷の儀式や神事を復古的に再興し、天皇や朝廷の権威を強化。学問好きで有職故実《ゆうそくこじつ》にも造詣が深く和歌や雅楽《ががく》などの芸能にも堪能。複数の楽器を弾きこなし、御所伝受《ごしょでんじゅ》の保持者として宮廷歌壇を領導、多くの弟子を育てる。天保《てんぽう》十一年（1840）七十歳で崩御《ほうぎょ》。

【題・日付・歌会名】毎年愛花《まいねんはなをあいす》・文化十四年正月二十四日・御会始

光格天皇が恵仁親王《あやひとしんのう》（後の仁孝《にんこう》天皇）に譲位《じょうい》したのは、文化《ぶんか》十四年（1817）三月二十二日、四十七歳の時だった。掲出歌は、譲位を控えた一月二十四日、天皇としての最後の和歌御会始《わかごかいはじめ》で、あしかけ三十九年の在位生活を振り返って詠んだ歌である。光格天皇がみずから「毎年愛花《まいねんはなをあいす》」（毎年、宮中の桜の花に親しみ愛情を注いできた）という題を出し、中宮欣子内親王《ちゅうぐうよしこないしんのう》を始め、臣下《しんか》たちがみな同じ題で歌を詠《よ》んだ。この時の中宮の御歌《おうた》は「見ても猶《なお》あかずみはしのさくら花いくよのとしの春をちぎりに」（何度見ても、なお見飽きることがない。紫宸殿《ししんでん》の正面階段の下に咲いている南殿《なでん》の桜の花よ。いったいどれほどの長い年月の間、毎春変わらず咲き続けてきたのか）というもので、在位中の光格天皇と共に春ごとに親しみ愛情を注いできた紫宸殿の南階段から見る南殿の桜を詠んだものだった。中宮の御歌は女性の歌であるにも関わらず、宮廷の和歌御会記録には、関白《かんぱく》より上の格として光格天皇御製《ぎょせい》の次に掲載されている。これは前例のないことである。今は亡き後桃園《ごももぞの》天皇の唯一の御子《みこ》であった中宮は、光格天皇歌壇《かだん》で大変に重んじられた。

春になると、光格天皇は内裏の参内殿《さんだいでん》（常御殿《つねのごてん》の西の御殿《ごてん》。皇族・大臣などが参内《さんだい》する際にここから入る）、禁中渡殿《きんちゅうわたどの》（寝殿造《しんでんづく》りの二つの建物をつなぐ屋根付きの廊下《ろうか》）などで桜の花見をし、紫宸殿の前の南殿の桜をみながら花宴《はなのえん》（桜花を観賞しながら催《もよお》す宴《うたげ》）を催して和歌を詠んだ。中宮とともに春ごとに宮中の桜を愛《め》でたのである。光格天皇と中宮にとって南殿の桜には格別な思い入れがあった。光格天皇は、天明《てんめい》の大火《たいか》で焼失した御所《ごしょ》の跡地《あとち》に、江戸《えど》幕府《ばくふ》との交渉《こうしょう》によって、平安時代と同じ規模の復古的で荘厳《そうごん》な紫宸殿《ししんでん》と清涼殿《せいりょうでん》を再建する（藤田覚『幕末の天皇』、『光格天皇　自身を後にし天下万民を先とし』ミネルヴァ書房、二〇一八年）。新御所《しんごしょ》への遷幸《せんこう》前、その紫宸殿の前の南庭《だんてい》に植えたのが「南殿の桜」だった。南殿の桜は、その後、平安朝の復古的御所で朝廷政治を行う光格天皇とともに、すくすくと成長し、毎春見事な花を咲かせた（盛田帝子「寛政期新造内裏における南殿の桜—光格天皇と皇后欣子内親王」『文化史のなかの光格天皇』勉誠出版、二〇一八年）。

紫宸殿に植えられた南殿の桜は、天皇や天皇に近しい者しか見ることのできない特別な桜であるため、古来、庶民や武士ではなく、歴代の天皇や公卿の和歌に繰り返し詠まれてきた花でもある。『源氏物語《げんじものがたり》』「花宴《はなのえん》」巻で描かれて以来、南殿の桜は王威《おうい》の象徴《しょうちょう》であり、理想とされた延喜《えんぎ》・天暦《てんりゃく》の聖代《ひじりのよ》の王権《おうけん》を懐かしむもの、過去のものとなった王朝文化に対する回顧《かいこ》・憧憬《しょうけい》の念をあらわすものとして表現されてきた（久保田淳「南殿の桜」『季刊文学』一―一〈岩波書店、一九九〇年〉）。

在位中最後の御会始《ごかいはじめ》で、みずから「毎年愛花」という題を出題し、あしかけ三十九年、春ごとに紫宸殿で見てきたにも関わらずなお見飽きることのないという南殿の桜を詠んだ光格天皇と中宮欣子内親王。平安時代の聖代《ひじりのよ》（すぐれた天子《てんし》であった醍醐天皇、村上天皇が治めた御代《みよ》）を理想とし、在位中に数々の神事《しんじ》や儀式《ぎしき》、平安朝の規模の紫宸殿等を再興した光格天皇にとって、南殿の桜は、王朝文化・雅びに対するあこがれのシンボルとしてのみならず、みずからの在位時代に、王朝時代の文化復興を成し遂げたことへの成功を象徴する存在としてあったのであろう。

在位中のあしかけ三十九年、春ごとに咲く内裏の桜を、飽きることなく見てきたという、充実感は、そこから生まれたものなのだろう。

24

たぐひなきあづまの琴《こと》のしらべこそ神代《かみよ》の風《かぜ》を吹《ふ》き傳《つた》へけれ

仁孝《にんこう》天皇

【出典】『仁孝天皇御製』（『皇室文学大系』第三輯、名著普及会、一九七九年）

他にならぶものがないほどすばらしい和琴《わごん》の音色《ねいろ》こそ、神が治めていた時代の昔の風儀を受け継いで、今に変わらず伝えているのだ。

【閲歴】寛政《かんせい》十二年（1800）、光格《こうかく》天皇の第六皇子として誕生。母は勧修寺経逸《かじゅうじつねとし》の女《むすめ》であったが、文化《ぶんか》四年（1807）七月、八歳で光格天皇の皇后欣子《よしこ》内親王《ないしんのう》の実子となり儲君《ちょくん》に治定。九月に親王宣下。同六年（1809）、十歳で立太子。同八年（1811）閏《うるう》二月三日、十二歳の時に伏原宣光《ふしはらのぶみつ》より御読書始《おんとくしょはじめ》、同月十四日、桑原為顕《くわはらためあき》を侍読《じとう》、東坊城聰長《ひがしぼうじょうときなが》を尚復《しょうふく》として、御書始《おんふみはじめ》。同年三月、元服。文化十一年（1814）六月、十五歳で御詠草始、閑院尹宮《かんいんいんみや》（父光格天皇の兄）に詠進する。翌年（1815）正月、十六歳で内裏《だいり》和歌《わか》御会始《ごかいはじめ》に初めて出座、内裏和歌御会の御人数に加えられる。文化十四年（1817）三月二十二日、十八歳の時に光格天皇の譲位《じょうい》により清涼殿《せいりょうでん》において受禪《じゅぜん》。二十四日には、譲位した先帝光格に太上《だじょう》天皇の尊号を上《たてまつ》る。二十六日には、仙洞御所より内裏への光格上皇の御幸始《ごこうはじめ》。以後、仁孝《にんこう》天皇が天皇として初めて主催する和歌御会始（五月二十四日開催）や御拝始《ごはいはじめ》（天皇が毎朝、清涼殿の石灰《いしばい》の壇で、神宮・内侍所《ないしどころ》以下を拝む儀の初回）等の際には、仙洞から内裏へ、たびたび光格上皇が御幸している。同年（1817）九月、紫宸殿《ししんでん》において即位、十二月には、従三位藤原繁子《つなこ》が入内《じゅだい》。文化十五年（1818）十一月に大嘗会《だいじょうえ》を行うが、これに先立ち、光格上皇が内裏に御幸して仁孝天皇に大嘗会神饌《だいじょうえしんせん》の伝受を相伝している。歌道においても、光格上皇より、文政《ぶんせい》二年（1819）に天仁遠波《てにをは》伝受を、文政五年（1822）に三部抄《さんぶしょう》伝受を、文政九年（1826）に伊《い》勢物語《せものがたり》伝受を、それぞれ内裏で相伝され、和歌の添削指導も受けているが、古今伝受《こきんでんじゅ》に関しては、天保《てんぽう》十一年（1840）十一月十八日、光格上皇の病状悪化により急遽相伝された。御所伝受《ごしょでんじゅ》の保持者となった仁孝天皇は、天保十三年（1842）、有《あり》栖川宮韶仁《すがわみやつなひと》親王・飛鳥井雅光《あすかいまさみつ》に伊勢物語伝受を、天保十四年（1843）飛鳥井雅光に古今伝受を、天保十五年（1844）有栖川宮韶仁親王に古今伝受を、弘化《こうか》二年（1845）五月十五日、久世通理《くぜみちただ》・武者小路公隆《むしゃのこうじきんなが》に天仁遠波伝受を相伝して次世代につなぐ。学問を好み、文政十一（1827）より、『後漢書《ごかんじょ》』『三国志《さんごくし》』『晋書《しんじょ》』『日本書紀《にほんしょき》』『続日本紀《しょくにほんぎ》』『通鑑綱目《つがんこうもく》』『続日本後紀《しょくにほんこうき》』『日本逸史《にほんいつし》』『文徳実録《もんとくじつろく》』『三代実録《さんだいじつろく》』などの定期的な御会読を行い、東坊城聰長《ひがしぼうじょうときなが》に『国語《こくご》』『中庸《ちゅうよう》』『礼記《らいき》』を、勘解由小路《かでのこうじ》資善《すけよし》に『論語《ろんご》』『孟子《もうし》』を進講させており、弘化二年（1845）には、堂上《とうしょう》子弟の教養のため、開明門院《かいめいもんいん》の旧地に学習院《がくしゅういん》の建設を治定した。天保十一年（1840）十一月十九日、光格上皇が崩御すると、翌年（1841）正月二十七日には、「光格天皇」の諡号《しごう》を贈っている。弘化三年（1846）、四十七歳で崩御《ほうぎょ》。

【題・日付】和琴・文政八年十二月二十四日

光格《こうかく》天皇の第六皇子として誕生した仁孝《にんこう》天皇は、幼いときから体が弱く、眼の病で視力も弱く、普段から痰の出る咳が治らずに、文化《ぶんか》十四年（1817）に十八歳で即位した後も朝廷の儀礼に出御《しゅつぎょ》することは稀であったという（藤田覚「近世の皇位継承」『天皇はいかに受け継がれたか―天皇の身体と皇位継承』績文堂出版、二〇一九年）。そのような状況でありながら、和漢の史書・古典の会読《かいどく》を精力的に行い、管弦、和歌についても熱心に学んだ形跡が遺されている。和歌についていては、父光格天皇の兄である閑院宮美仁《かんいんのみやはるひと》親王に詠草の下見《したみ》添削を受けながら、光格天皇からの勅点をも受けて修練を積み、文政《ぶんせい》二年（1819）九月、二十歳のときに、光格上皇より御所伝受《ごしょでんじゅ》の第一段階である天仁遠波《てにをは》伝受を、文政五年（1822）四月、二十三歳のときに第二段階の三部《さんぶ》抄《しょう》伝受を、文政九年（1826）十二月、二十七歳のときに第三段階の伊勢物《いせもの》語《がたり》伝受を内裏《だいり》で相伝されている。即位後も、光格上皇から書面で懇切丁寧な和歌添削を受けているが、しばしば、詳細は内裏で直接対面して指導する旨が記されており（東山御文庫所蔵『仁孝天皇御稽古《ごけいこ》御詠草《ごえいそう》並《ならびに》光格天皇御《ご》添削書《てんさくしょ》』他）、仙洞から内裏に御幸《ごこう》した光格上皇から口頭で丁寧な指導を受けながら、上皇の築きあげた宮廷歌壇の隆盛を継承すべく歌道につとめ励んでいたことが知られる。

光格上皇より天仁遠波《てにをは》伝受を相伝された約ひと月後の文政二年（1819）十月二十日には、仁孝天皇が主催する最初の管弦の楽会である御楽始《おんがくはじめ》が行われており、翌文政三年（1820）五月十七日には、御箏《そう》御稽古始が行われている。父光格上皇は、順徳《じゅんとく》天皇撰『禁秘抄《きんぴしょう》』および「禁中《きんちゅう》並《ならびに》公家《くげ》中《ちゅう》諸法度《しょはっと》」に記された、天皇が学ぶべきとされた学問、管弦、和歌を実に熱心に学び宮廷全体に好学の気風がゆきとどいていたが（藤田覚『光格天皇　自身を後にし天下万民を先とし』）、仁孝天皇も父上皇と同じく、学問、管弦、和歌に勤勉に取り組み、管弦においては二十一歳の時に琴《こと》のひとつである箏《そう》の御稽古始がおこなわれているのである。

掲出歌は、文政八年（1825）十二月二十四日、仁孝天皇が二十六歳の時に

「和琴《わごん》」（雅楽《ががく》や神楽《かぐら》等に使用される日本古来の琴。あづま琴）の題で詠出した御製《ぎょせい》である。神が治めていたという遠い神代の昔、根堅州国《ねのかたすくに》をおとずれた大国主命《おおくにぬしのみこと》は、愛する須勢理毘売《すせりびめ》の父須佐之男命《すさのおのみこと》からさまざまな厳しい難問を出されるが、須勢理毘売《すせりびめ》の助けなどもあってその試練を克服し、須佐之男《すさのお》命《みこと》が油断して眠っている間に、須勢理毘売《すせりびめ》を背負い、須佐之男命《すさのおのみこと》の生大刀《いくたち》と生弓矢《いくゆみや》と天沼琴《あめのぬこと》を持って逃げ出す。その逃げる時に、天沼琴《あめのぬこと》が樹に触れて大地が揺れ鳴り渡るのだが、その後、生大刀《いくたち》と生弓矢《いくゆみや》と天沼琴《あめのぬこと》という三つの宝をもって地上の国に帰った大国主命《おおくにぬしのみこと》は、八十神たちを滅ぼし、やがて国造りを始めるという神話が『古事記』上巻に掲載されている。この「天沼琴《あめのぬこと》」の話にみられるように、古くから、琴《こと》などの楽器には神威が宿り、王権を象徴するものとして認識されてきたという（豊永聡美『天皇の音楽史　古代・中世の帝王学』吉川弘文館、二〇一七年）。仁孝天皇は、琴《こと》のひとつである箏《そう》の演奏の修練を帝王学のひとつとして積みながら、王権の象徴である「天沼琴《あめのぬこと》」の神話の世界を思い浮かべつつ掲出歌を詠出したのであろう。

25

陸奥《みちのく》のしのぶもぢずり乱《みだ》るるは誰《たれ》ゆゑならず世《よ》を思《おも》ふから

孝明《こうめい》天皇

【出典】『孝明天皇御集』（『皇室文学大系』第三輯、名著普及会、一九七九年）

陸奥《みちのく》のしのぶもじずりの模様のように、私の心が思い乱れるのは、誰かのせいではないのだ。この世の中のことを思うからなのだ。

【閲歴】天保《てんぽう》二年（1831）、仁孝《にんこう》天皇の第四皇子として誕生。弘化《こうか》三年（1846）二月、父天皇の崩御《ほうぎょ》により十六歳で践祚《せんそ》、翌年（1847）九月に十七歳で即位《そくい》。七年後の嘉永《かえい》六年（1853）にはペリーの浦賀来航により鎖国《さこく》体制が破綻《はたん》し、安政五年（1858）には日米修好通商条約《にちべいしゅうこうつうしょうじょうやく》の締結《ていけつ》、その後の幕末動乱期にあたり多難な国事にあたった。十五歳の時に父天皇より和歌の勅点《ちょくてん》を受けるが、父天皇の崩御により、飛鳥井雅光《あすかいまさみつ》、その後、雅光の子雅久《まさひさ》に指導を受け、安政《あんせい》四年（1857）五月に伊勢物語伝《いせものがたりでん》受《じゅ》を相伝《そうでん》される。国事に心労を重ねる中、門人の和歌添削《てんさく》を行い、御所伝受《ごしょでんじゅ》や宮廷歌会《きゅうていかかい》などを重要視し、後世に継続しようと努力したが、慶応《けいおう》二年（1866）、痘瘡《とうそう》により三十六歳で崩御《ほうぎょ》。

【題・日付・歌会名】寄忍《しのぶぐさに》草恋《よするこひ》・十月十八日・鴨社御法楽

文久《ぶんきゅう》二年（1862）十月十八日の鴨社御法楽《かもしゃごほうらく》（和歌を鴨神社に奉るための宮廷での歌会）で詠まれた一首。題は「寄忍草恋《しのぶぐさによするこい》」。『伊勢物語』初段に掲載された「みちのくのしのぶもぢずりたれゆゑ《え》に乱《みだ》れそめにしわれならなくに」（陸奥《みちのく》のしのぶもじずりの模様のように私の心が思い乱れるのは、ほかの誰でもなく、あなたのせいなのですよ）という河原左大臣《かわらのさだいじん》（源融《みなもとのとおる》）の恋歌（古今和歌集・恋四・七二四）を本歌とする。恋を詠むべき題であるにも関わらず、世の中を思う歌として詠まれていることは極めて異例。この時、三十二歳だった孝明《こうめい》天皇は、国内外の問題が山積し多難を極める中で国事にあたっていた。公武合体《こうぶがったい》の証として妹和宮《かずのみや》を将軍徳川家茂《とくがわいえもち》へ婚嫁《こんか》させ、長州藩《ちょうしゅうはん》の支援を受けて攘夷派《じょういは》（外敵を追い払って国内に入れない思想の人々）の勢力が強大となり、文久《ぶんきゅう》三年（1863）三月には攘夷《じょうい》の成功を祈願《きがん》するために賀茂社《かもしゃ》に行幸《ぎょうこう》（天皇が皇居を出て賀茂社へ行くこと）している。このひと月後の四月九日に宮中で行われた鴨社御法楽では「寄弓述懐《ゆみによするじゅっかい》」という題で「あづさ弓ま弓つき弓としをへず治まれる世にひきかへさなむ」（長い年月を重ねることなく、必ずやすぐに国内の秩序がいきわたる安定した世の中に引き返そう）と、もとの安定した世の中になることを祈願する歌を詠出している。実は、この歌も『伊勢物語』二十四段に掲載された「あづさ弓《ゆみ》ま弓つき弓年《とし》を経《へ》てわがせしがごとうるはしみせよ」（年月を重ねて、私があなたを愛したように、新しい夫に親しんでくださいという恋の歌を本歌としている。安政《あんせい》四年（1857）に伊勢物語伝《いせものがたりでん》受《じゅ》という宮中に伝わる秘伝を相伝された孝明天皇は、幼い頃から父仁孝《にんこう》天皇に手ほどきを受けて熱心に歌を詠んだ。平和な時代のように歌道に集中することはできなかったが、このような志を述べる歌にも宮中での学びの一端が垣間見えるのである。

歌を始めて間もない頃は「山風の吹くもはげしき霜のうへにひかりぞ冴ゆる冬の夜の月」のように、つづきが良く平明で伸びやかな歌が多くみられるが、崩御する二年前には、「さまざまに泣きみ笑ひみ語りあふも国を思ひつ民をおもふため」（あれこれと泣いたり笑ったりして語りあうのも、この国を思い、国の民を思うためなのだ）（元治《げんじ》元年〈1864〉九月十日）、崩御する一年前には「ねがはくは心しづかにやまの端《は》の花みてくらす春としもがな」（同二年〈1865〉二月十六日）（望むことは、心を静かに落ち着けて、山の空に接するあたりに咲く桜の花が、咲き始めてから散ってしまうまで、ゆっくりと眺めて暮らす春が過ごせることだ。そうできるといいのになあ）など、即位以来、幕末の激動期の国事に心労を重ねる中で、心情を吐露する歌がしばしば見られるようになる。三十六歳で崩御する年に孝明天皇が詠んだのは「ほことりて守《まも》れ宮人《みやびと》ここのへのみはしのさくら風そよぐなり（慶応《けいおう》二年〈1866〉・題不知《だいしらず》）（矛《ほこ》をとって守れ、宮中《きゅうちゅう》に仕《つか》える官人《かんじん》たちよ。紫宸殿《ししんでん》の前の南殿《なでん》の桜が風にそよそよと音をたてて揺れ動いている）という、紫宸殿の南階段の前の「みはしの桜」（南殿《なでん》の桜）のあたりまで敵が襲来した。宮人よ防衛せよ！という緊迫した歌だった。崩御する二年前の元治《げんじ》元年（1864）七月の「禁門《きんもん》の変《へん》」では、長州藩《ちょうしゅうはん》が京都御所《きょうとごしょ》の蛤《はまぐり》御門《ごもん》に押し寄せ発砲までする戦いが起こった。遡《さかのぼ》ること約七百年、『平治物語』に、「平治《へいじ》の乱《らん》」（1159）の折に内乱のため宮中の紫宸殿が戦場と化した事が描かれているが、孝明天皇の御世に再び御所が戦場と化す危機が迫ったのである。心休まることのない在位時代を過ごした孝明天皇は、この歌を詠んで、慶応《けいおう》二年（1866）十二月二十五日、痘瘡《とうそう》のために崩御するのである。

なお、孝明天皇と歌道伝受については、青山英正「孝明天皇と古今伝受―附・幕末古今伝受関係年表」（『文化史のなかの光格天皇―朝儀復興を支えた文芸ネットワーク』勉誠出版、二〇一八年）に詳述される。

26

わたどのの下《した》ゆく水《みづ》の音《おと》きくもこよひひと夜《よ》となりにけるかな

明治《めいじ》天皇

【出典】『新輯 明治天皇御集』（明治神宮、一九六四年）

渡り廊下の下を、音をたてながら絶えず流れてゆく遣《や》り水《みず》の音を聴くのも、とうとう今夜一夜かぎりとなってしまったことだ。

【閲歴】嘉永《かえい》五年（1852）、孝明《こうめい》天皇の第二皇子として、権大納言中山忠能《なかやまただやす》邸に誕生。生母は忠能《ただやす》の娘典侍《ないしのすけ》慶子《よしこ》。幼少時は中山邸で起居し、安政《あんせい》三年（1856）に内裏《だいり》に移る。元治《げんじ》元年（1864）十三歳の時の禁門《きんもん》の変《へん》で、御所内に砲銃弾が打ち込まれたり正体不明の人々が入り込んだりする騒ぎで気を失って倒れたという。慶応《けいおう》二年（1866）十二月、孝明《こうめい》天皇の崩御《ほうぎょ》により、翌三年（1867）一月に十六歳で践祚《せんそ》。同年十月の第十五代将軍徳川慶喜《とくがわよしのぶ》からの大政奉還《たいせいほうかん》により徳川氏二百六十五年間の政権が朝廷に返された。天皇は、同年十二月に王政復古《おうせいふっこ》の大号令《だいごうれい》を発して江戸幕府の廃止を宣言し新政府《しんせいふ》が成立。翌四年（1868）一月、旧幕府勢力《きゅうばくふせいりょく》と新政府の間に鳥羽《とば》・伏見《ふしみ》の戦《たたかい》（戊辰戦争《ぼしんせんそう》の発端《ほったん》）が起こるが勝利を収《おさ》め、戊辰戦争《ぼしんせんそう》の勝利が決定的となった八月に京都御所の紫宸殿《ししんでん》において十七歳で即位《そくい》する。同年（1868）九月に一世一元《いっせいいちげん》の制《せい》が採択されて「明治《めいじ》」と改元《かいげん》。天皇は京都から東京に移り江戸城に入って皇居とした。その後、国会の開設、大日本帝国憲法の発布、日清戦争、日露戦争を経て、日本の急速な近代化の中でカリスマ的存在としてイメージづけられてゆく。和歌は、父孝明《こうめい》天皇や有栖川宮熾仁親王《ありすがわのみやたるひとしんのう》・三条西季知《さんじょうにしすえとも》から手ほどきを受け、明治九年（1876）からは高崎正風《たかさきまさかぜ》が御歌掛《おうたがかり》を務《つと》めて、生涯に九万三千三十二首の歌を詠んだとされる（『明治天皇御製全集』掲載歌）。日露戦争《にちろせんそう》後に糖尿病《とうにょうびょう》と慢性腎炎《まんせいじんえん》を併発《へいはつ》し、明治《めいじ》四十五年（1912）、六十一歳で崩御《ほうぎょ》。

明治二十三年（1890）四月十七日、三十九歳のときに詠まれた歌。詞書に「京都をいでたたむとするころ聴雪《ちょうせつ》にて」とあることから、東京にある皇居から京都御所を訪れていたとき、明日は京都を離れてさらに西へ向かうという夜に茶室「聴雪」で詠まれた和歌である。「聴雪」は、明治天皇の父である孝明《こうめい》天皇が創建した茶室で、かつて天皇が日常生活を送った殿舎の庭である御内庭《ごないてい》の北側に建つ。数寄屋造《すきやづく》りの三間からなる茶室で、内部の襖《ふすま》や棚にはさまざまな趣向が凝《こ》らされている。庭に迫り出した床《ゆか》の下には遣《や》り水《みず》がくぐって流れており、正面の縁《えん》の上には近衛忠煕《このえただひろ》の揮毫《きごう》した「聴雪」の額がかかるという（『京都御所　大宮・仙洞御所』京都新聞出版センター、二〇〇四年）。掲出歌の「わたどの」（渡殿）は、渡り廊下のこと。ここでは、書院造りの殿舎「御涼所《おすずみしょ》」と茶室「聴雪」をつなぐ吹抜《ふきぬけ》廊下のことを指す。廊下は、途中でゆるやかに折れ曲がって低い手すりがあり、左右には四季の移ろいをみせる木々や植物が植えられている。また、その廊下の下には遣《や》り水《みず》が流れていて優雅な空間となっているという（前掲書）。

明治天皇が江戸城を東京城と改めて皇居とすると宣言し、東京に遷都したのは明治二年（1869）二十二歳のときであった。明治二十二（1889）年十月、

【詞書】京都をいでたたむとするころ聴雪《ちょうせつ》にて

東京―京都間に鉄道が竣功したのを機に、皇后と共に京都に行こうとしたが多忙のために果たせず、翌年の四月五日にふるさとの京都御所を訪れる。まさに桜が見ごろであった。『明治天皇紀』（吉川弘文館、一九七二年）には「天皇、京都を以て故郷と為し、深く其の地を愛したまふ、今次《こんじ》此の地に幸《こう》したまふや、桜花方《まさ》に盛なり、乃ち詠歌以て其《そ》の怡《よろこび》を述べたまふ、ふるさとの花のさかりをきて見ればなく鶯のこゑもなつかし」と記述されており、生まれ育った京都を深く愛している様子がうかがわれる。嘉永《かえい》五年（1852）、孝明《こうめい》天皇の第二皇子として中山忠能《なかやまただやす》邸に誕生した明治天皇は、幼少時は中山邸で起居したが、安政《あんせい》三年（1856）五歳の時に内裏《だいり》に移って以来、十七年間、京都御所で成長した。即位式を挙げたのも京都御所である。茶室「聴雪」の西側には東宮《とうぐう》時代の住まいであった「御花御殿」が建つが、その北の間の襖絵《ふすまえ》には幼い明治天皇の竹の落書きが残るといい、父孝明天皇も明治天皇も「御涼所《おすずみしょ》」で、とりわけ親しく過ごしたという（前掲書）。そのような思い出深い故郷が京都御所なのである。

明治天皇は、明日は西に出立するという最後の夜に、御所内の静かな茶室「聴雪」で、吹抜廊下のしたを絶えず流れる遣り水の音に耳を傾けている。

かつての皇居であり、自らが育ってきた京都御所という空間に身をおきながら、残り少ない御所での時間を惜しむ気持ちや故郷を離れがたい心情が吐露されている。

27

神《かみ》まつるわが白妙《しろたへ》の袖《そで》の上《うへ》にかつうすれ行《ゆ》くみあかしのかげ

大正天皇《たいしょうてんのう》

【出典】『大正天皇御集　おほみやびうた』（邑心文庫、二〇〇二年）

神をまつる私の衣の袖の上で、暗いうちは輝いていた灯火の光が、夜が明けるに従って薄れてゆくことだ。

【閲歴】明治《めいじ》十二年（1879）、明治天皇の第三皇子として誕生。七歳まで中山忠能《ただやす》邸で過ごし、その後青山御所に移る。幼少のころは脳膜炎などを病んで病弱だったという。明治二十年（1887）八月、九歳の時に儲君《ちょくん》（皇太子《こうたいし》にする予定の皇子《おうじ》）に決定。この年に学習院に入学する。同二十二年（1889）十一月、十一歳の時に皇太子《こうたいし》となる。同二十七年（1894）、東宮《とうぐう》御所《ごしょ》である赤坂離宮花御殿《あかさかりきゅうはなごてん》に御学問所《ごがくもんじょ》を設け、川田剛《かわだたけし》・三島毅《みしまつよし》・本居豊頴《もとおりとよかい》・フランス人のサラザン等から漢書・国書・フランス語を学ぶ。明治四十五年（1912）七月三十日、明治天皇の崩御《ほうぎょ》により践祚《せんそ》、同日、大正と改元される。大正四年（1915）京都御所紫宸殿《ししんでん》において即位。即位後は健康がすぐれず、大正十年（1921）皇太子裕仁《ひろひと》親王（のちの昭和天皇）が摂政《せっしょう》となり療養生活に入る。大正十五年（1926）十二月、四十八歳で崩御《ほうぎょ》。

【題・年月・歌会名】社頭《しゃとうの》暁《あかつき》・大正十年正月・歌会始

大正天皇の皇太子時代の御歌に「沼津用邸にて庭前の松露《しょうろ》を拾ひて」という詞書がある「はる雨のはるゝを待ちて若松のつゆよりなれる玉拾ひつゝ」（しとしとと静かに降り続く春雨がやむのを待って、松の若葉をしたたり落ちる露からできあがったという松露の玉を、ずっと拾いつづけていることだ）という御歌がある。この御歌に続いて「その松露を節子《さだ》に贈るとて」という詞書がある「今こゝに君もありなばともぐ〳〵に拾はむものを松の下つゆ」（今ここに、私とともにあなたがいたならば、珍しい松露を一緒に拾うのになあ）という御歌がある。この二首は、皇太子時代の大正天皇が、結婚前の九條節子《さだ》（後の貞明皇后）に、沼津御用邸の松林に生えた松露を拾い贈る時に一緒に添えた御歌である。松露は、その香りと歯切れのよさで珍重されていた食用キノコで、婚約中の節子のために、春雨がやむのを待って松露を拾ひ続ける皇太子の若々しいお姿や一緒に松露を拾いたいという節子への恋心がのびやかに詠まれている相聞歌である。この後の明治三十三年（1900）五月十日、二十歳の皇太子であった大正天皇は、十五歳の九條節子《さだ》と結婚する。

大正四年（1915）、京都御所の紫宸殿において即位した大正天皇は、即位後は健康がすぐれず、大正十年（1921）十一月二十五日に皇太子裕仁《ひろひと》親王（のちの昭和天皇）が摂政に就任し、療養生活に入った。

掲出歌は、療養生活に入る十ヶ月ほど前の同年（1921）正月、歌会始《うたかいはじめ》に詠出された御製である。時に四十三歳。『大正天皇御集』に掲載されているなかでは生前最後の御製《ぎょせい》となる。「社頭暁《しゃとうのあかつき》」という歌会始の題に対して、神をまつるみずからの姿を詠出しているという点では、療養生活に入る前のみずからの姿を描きだしている御製と読むことができるかもしれない。神をまつる社殿の前で、神に供える灯火をもって儀式を行っていたところ、はじめは暗い夜空であったが太陽が昇るにしたがってしだいに空が白みはじめる。それと同時に夜の間は輝いていた灯火の光が、日の光にのみこまれてしだいにその存在を失ってゆく。移ろいゆく時間と、それにあらがえずに、徐々にその存在を消して行く灯火の光と。光と影の反転を捉えた繊細で鋭い感性がうかがえる御製である。

その約五年後、大正十五年(1926)十二月、葉山御用邸で皇后や皇太子、皇太子妃、生母の柳原愛子《やなぎわらなるこ》などに見守られながら崩御《ほうぎょ》。四十八歳であった。

28

とりがねに夜《よ》はほのぼのとあけそめて代代木《よよぎ》の宮《みや》の森《もり》ぞみえゆく

昭和天皇《しょうわ》（裕仁親王《ひろひと》）

【出典】『おほうなばら―昭和天皇御製集』（読売新聞社、一九九〇年）

鳥の鳴き声を合図に夜空がかすかに明るくなりはじめて、代々木の明治神宮を取り囲む森がしだいに見えてゆくことだ。

【閲歴】明治《めいじ》三十四年（1901）、大正《たいしょう》天皇の第一皇子として誕生。大正五年（1916）立太子。父天皇の病状悪化のなかで、大正十年（1921）イギリスを訪問し英国皇室との親しい関係を作り、その後ヨーロッパ各国を訪問し見聞を広めた。これは日本の皇太子として最初の外遊となる。帰国後の同年（1921）十一月、摂政《せっしょう》に就任。大正十五年（1926）十二月二十五日、大正天皇の崩御《ほうぎょ》により践祚《せんそ》、昭和と改元。昭和三年（1928）京都で即位。即位前後から軍部の行動に心痛したとされ、第二次世界大戦期まで特に軍事・外交政策に対してしばしば独自の判断を示したとされる。昭和二十年（1945）ポツダム宣言受諾を決定し、同二十一年（1946）年、人間宣言を行う。その後、各地を巡幸し、同二十二年（1947）施行された日本国憲法で日本国の象徴とされた。戦後は生物学の分類研究にいそしみ、皇室外交を展開する。昭和六十四年（1989）一月、八十七歳で崩御。日本史上最長の在位を記録した。平成二年（1990）に宮内庁侍従職編『おほうなばら』（読売新聞社）、平成三年（1991）に宮内庁編・岡野弘彦解説『昭和天皇御製集』（講談社）が刊行され、生涯約一万首の歌を詠んだとされていたが、平成三十一年正月に、両御製集に未掲載の歌を含む直筆原稿二百五十二首の存在が明らかになった（『朝日新聞』平成三十一年一月一日朝刊）。

【題・年・歌会名】社頭暁《しゃとうのあかつき》・大正十年正月・歌会始

大正《たいしょう》十年（1921）正月の歌会始《うたかいはじめ》に詠出された御歌。このとき、皇太子であった裕仁《ひろひと》親王（のちの昭和天皇）は、出題された「社頭暁《しゃとうのあかつき》」の社《やしろ》を、大正九年（1920）十一月に創建された「代代木の宮」（明治神宮）として詠出した。明治神宮は、明治天皇・昭憲皇太后《しょうけんこうたいごう》を祀《まつ》り、境内には人が造った約七十万平方メートルの鎮守の森がひろがるが、夜が明けてゆくにしたがって、その広大な森の存在があきらかになってゆくさまを詠む。このとき二十歳であった裕仁親王は、この年の三月から九月、英国をはじめヨーロッパの国々を訪問し、帰国後の十一月に病気の大正天皇の摂政となる。正月の歌会始にふさわしく、明治神宮の森が朝の光を浴びてしだいにその姿をあらわしてゆくように、裕仁親王の御歌も明るい色調を帯びている。

一方、この年の十一月に皇太子を摂政として療養生活に入った大正天皇は、同じ歌会始で「神まつるわが白妙の袖の上にかつうすれ行くみあかしのかげ」（神をまつる私の衣の袖の上で、暗いうちは輝いていた灯火の光が、夜が明けるに従って薄れてゆくことだ）という、日が昇るにしたがって、しだいにその存在を消して行く灯火の光を詠んでいる（98ページ参照）。

歌会始の「社頭暁」という同じ題で詠出された大正天皇の御製と裕仁親王

の御歌を比較すると、大正天皇が存在を消して行く灯火を詠まれたのに対し、裕仁親王は夜明けに従い存在を顕す明治神宮の森を詠まれている。正月の歌会始ののちに療養生活に入る大正天皇と、この後、ヨーロッパ諸国を訪問し大正天皇の摂政となる皇太子と、その後の対照的な在り方が予見されるような作風になっている。

29

贈《おく》られしひまはりの種《たね》は生《は》え揃《そろ》ひ葉《は》を広《ひろ》げゆく初夏《しょか》の光《ひかり》に

明仁《あきひと》上皇

【出典】『御即位30年・御成婚60年記念特別展　御製・御歌でたどる両陛下の30年』（宮内庁三の丸尚蔵館、二〇一九年）

贈られたひまわりの種はすべてが生えそろい、初夏の太陽の光に向かってぐんぐん葉を広げ成長してゆく。

【閲歴】昭和八年（1933）十二月二十三日、昭和天皇の第一皇子として誕生。母は良子《ながこ》（香淳《こうじゅん》皇后）。幼名は継宮《つぐのみや》。昭和十五年（1940）学習院初等科に入学。戦後、小泉信三から教育を受ける。同二十七年（1952）十一月十日、十八歳で成年式《せいねんしき》および立太子《りったいし》の礼《れい》が行われる。お名前明仁《あきひと》。同二十八年（1953）以降、天皇の名代として諸外国を親善訪問、昭和三十四年（1959）、日清《にっしん》製粉社長正田《しょうだ》英三郎の長女美智子《みちこ》と結婚。浩宮徳仁《ひろのみやなるひと》（第一皇子、今上天皇）、礼宮文仁《あやのみやふみひと》（結婚後、秋篠宮《あきしののみや》）、紀宮清子《のりのみやさやこ》（結婚後、皇籍を離脱）が生まれる。昭和五十年代から、天皇の国事行為の代行の機会が増え、外国訪問や地方視察を多くつとめた。昭和六十四年（1989）、父裕仁《ひろひと》の逝去により皇位継承し、一月七日即位。平成二年（1990）年十一月、即位礼正殿の儀が行われた。象徴としての天皇のあり方を模索する一方で、開かれた皇室のイメージを作り、諸外国を積極的に訪問するとともに、戦没者の慰霊にも心を注ぎ、また平成七年（1995）年一月十七日の阪神淡路大震災、平成二十三年（2011）年三月十一日の東日本大震災をはじめとする数々の災害に際しては、いちはやく当地に出向き、被災者を慰問するなど、国民に寄り添う姿勢を貫いた。また第二次世界大戦で多数の犠牲者を出し、戦後も多大な苦労を余儀なくされた沖縄への思いを寄せ、十回を越える訪問を行っている。魚類学者としても知られ、ハゼの分類学的研究で高く評価されている。平成二十八年（2016）、生前退位の意志を表明、平成三十一年四月三十日退位した。

【題・年・歌会名】光・平成三十一年・歌会始

平成七年（1995）一月十七日午前五時四十六分ごろ淡路島北端付近を震源として発生した兵庫県南部地震は、阪神・淡路地区に甚大な被害を及ぼした。その震災で犠牲になった加藤はるかさんは、当時小学校六年生。震災の年の夏、はるかさんが亡くなった自宅跡地に、ひまわりが咲いた。地元の人々は、はるかさんの鎮魂と地域の復興の象徴にとひまわりの種をとって各地にひろげたという。上皇・上皇后は、平成十七年（2005）に行われた阪神・淡路大震災追悼式典のために兵庫県に行幸されたが、その際、遺族代表の少女から、はるかさんが亡くなった跡地に咲いた「はるかのひまわり」の種子を贈られ御所のお庭にまかれた。咲いたひまわりの種を採り、翌年以降も毎年まき、ひまわりを育て続けてこられたという（『御即位30年・御成婚60年記念特別展　御製・御歌でたどる両陛下の30年』）。掲出歌は、御所のお庭に「はるかのひまわり」が、のびのびと葉をひろげ、太陽の光を浴びながら活き活きと成長するさまを詠んだもの。平成三十一年（2019）一月、在位中最後の歌会《うたかい》始《はじめ》のお題「光」で詠まれた御製は、鎮魂と国民の平和・安寧への祈りの象徴といえる「はるかのひまわり」が太陽の光に向かって成長してゆくさまであった。約二百年前、明仁《あきひと》上皇以前に、生前退位した直近の天皇である光格《こうかく》天皇は、在位中、最後の御会始《ごかいはじめ》で南殿《なでん》の桜《さくら》を詠んだ。南殿の桜は歴代天皇や公卿が繰り返し詠んできた王朝復古の象徴の花である。それに対し、明仁上皇の詠まれた、在位中最後の歌会始の歌は「はるかのひまわり」であった。「私はこれまで天皇の務めとして、何よりも国民の安寧と幸せを祈ることを大切に考えてきました（中略）これまで私が皇后と共にほぼ全国に及ぶ旅は、国内のどこにおいても、その地域を愛し、その共同体を地道に支える市井の人々のあることを私に認識させ（中略）天皇として大切な、国民を思い、国民のために祈るという務めを、人々への深い信頼と敬愛をもってなし得たことは、幸せなことでした」（平成二十八年八月八日「象徴としてのお務めについての天皇陛下のおことば」）というお言葉は印象深い。平成という震災が多発した時代に、自然の脅威に奪われるまま立ち尽くす国民の深い悲しみと絶望に寄り添い、未来を信じる「はるかのひまわり」の御製は、よりひらかれた皇室を感じさせ、国民の安寧や平和を願われる思いの深さと、将来への強い希望を感じさせる一首である。

略年譜

退位・没年年号	西暦	氏名（生没年）	退位・崩御歳	歴史事跡
大同元年	八〇六	桓武天皇（737-806）	70歳	七九四 平安京遷都
延長八年	九三〇	醍醐天皇（885-930）	46歳	九〇一 菅原道真大宰府左遷 九〇五『古今集』撰進
康保四年	九六七	村上天皇（926-967）	42歳	
建久三年	一一九二	後白河天皇（1127-1192）	66歳	一一五六 保元の乱 一一五九 平治の乱 一一八五 平家滅亡
延応元年	一二三九	後鳥羽天皇（1180-1239）	60歳	一二二一 承久の乱
仁治《にんじ》三年	一二四二	順徳天皇（1197-1242）	46歳	一二二一頃『禁秘抄』成立
延元四年	一三三九	後醍醐天皇（1288-1339）	52歳	一三三四 建武の中興
文禄二年	一五九三	正親町《おおぎまち》天皇（1517-1593）	77歳	一五八七 秀吉の聚楽第完成

元和《げんな》三年	一六一七	後陽成《ごようぜい》天皇（1571-1617）	47歳	一六〇三	徳川幕府開幕
延宝八年	一六八〇	後水尾天皇（1596-1680）	85歳	一六二九	紫衣事件
承応《じょうおう》三年	一六五四	後光明天皇（1633-1654）	22歳		
貞享二年	一六八五	後西天皇（1637-1685）	49歳		
宝永六年	一七〇九	東山天皇（1675-1709）	35歳	一六八七	生類憐れみの令
享保一七年	一七三二	霊元天皇（1654-1732）	79歳	一七〇二	赤穂事件
元文《げんぶん》二年	一七三七	中御門《なかみかど》天皇（1701-1737）	37歳	一七一六	徳川吉宗八代将軍
寛延《かんえん》三年	一七五〇	桜町《さくらまち》天皇（1720-1750）	31歳		
宝暦《ほうれき》十二年	一七六二	桃園《ももぞの》天皇（1741-1762）	22歳		
明和《めいわ》六年	一七六九	有栖川宮職仁《ありすがわのみやよりひと》親王（1713-1769）	57歳		
安永《あんえい》八年	一七七九	後桃園《ごももぞの》天皇（1758-1779）	22歳		
文化二年	一八〇五	真仁《しんにん》法親王（1768-1805）	38歳		
文化十年	一八一三	後桜町《ごさくらまち》天皇（1740-1813）	74歳	一七八七	松平定信老中

文政二年	一八二〇	有栖川宮織仁親王《ありすがわのみやおりひと》（1753-1820）	68歳	
天保《てんぽう》十一年	一八四〇	光格《こうかく》天皇（1771-1840）	70歳	一七八八　天明の大火
弘化三年	一八四六	仁孝天皇（1800-1846）	47歳	
慶応二年	一八六六	孝明《こうめい》天皇（1831-1866）	36歳	一八六七　大政奉還
明治四十五年	一九一二	明治天皇（1852-1912）	61歳	一九〇四　日露戦争
大正十五年	一九二六	大正天皇（1879-1926）	48歳	
昭和六十四年	一九八九	昭和天皇（1901-1989）	87歳	一九四五　第二次世界大戦敗戦
平成三十一年	二〇一九	明仁上皇（1933-）	85歳	二〇一九　「令和」と改元

解　説　天皇の和歌概観――盛田帝子

はじめに

『天皇・親王の歌』は、これまで天皇の和歌という括りで言及されることが、ほとんどなかった江戸時代初期から幕末・近現代にかけての天皇の和歌に重点を置いて歌を選んでいる。解説は、主に中世から近世にかけての時代について記す。

和歌が育む宮廷文化――王威の象徴として詠まれた「南殿《なでん》の桜」

桓武《かんむ》天皇以来、江戸時代末にいたるまで、天皇の住処は、京都であり続け、宮廷を中心に雅びやかな文化がじっくりと醸成された。和歌はその代表的な文化のひとつである。桓武天皇が長岡京から平安京に遷都した際、紫宸殿《ししんでん》の前には梅が植えられていたが、仁明《にんみょう》天皇の時代に桜の木に植え替えられ、現在も春になると京都御所の紫宸殿の前で見事な花を咲かせている。古来、紫宸殿に植えられた南殿《なでん》の桜は、天皇や天皇に近しい者しか見ることのできない特別な桜であり、『源氏物語《げんじものがたり》』「花宴《はなのえん》」巻で描かれて以来、王威《おうい》の象徴《しょうちょう》として、また武家が政権をとった後には、理想とされた延喜《えんぎ》・天暦《てんりゃく》の聖代《ひじりのよ》や王権《おうけん》を懐かしみ憧憬《しょうけい》の念をあらわす樹木として歴代の天皇や公卿の和歌に繰り返し詠まれてきた（久保田淳「南殿の桜」『文学』一九九〇年一月）。吉野に逃れ京の御所の南殿の桜を思う後醍醐《ごだいご》天皇の「ここにても雲井の桜さきにけりただかりそめの宿と思ふに」（P22参照）や幕末の動乱期に孝明《こうめい》天皇が詠んだ「ほことりて守《まも》れ宮人《みやびと》ここのへのみはしのさくら風そよぐなり」（P92参照）など、天皇・公家に詠まれた南殿の桜は枚挙にいとまがない。この南殿の桜の歌のように、天皇を中心とする宮廷の人々によって長い年月をかけて繰り返し詠出され続けてきた和歌は、宮廷文化を根底から支え、目には見えない精神的よりどころとして機能する器でもあった。

天皇と社会的制度としての和歌

　平安時代から鎌倉時代初期にかけての宮廷の行事や故実、作法、制度などを解説した順《じゅん》徳《とく》天皇『禁秘抄《きんぴしょう》』は、宮廷の有職故実を知るためのものとして重んじられてきた。例えば、正親町《おおぎまち》天皇（1517～1593）は三條西公條《さんじょうにしきんえだ》に進講させ、後水尾《ごみずのお》上皇（1596～1680）は後光明《ごこうみょう》天皇（1633—1654）の教誡《きょうかい》（教え戒めること）の中で引用するといった具合に、天皇としての務めを知り、また天皇の教育を施す際にも使用されてきた重要な書物であった。つまり、後世の天皇にとってのあるべき姿がそこには描かれていたといえる。その『禁秘抄』の「諸芸能の事」の中に、天皇が身につける「芸能」として、第一は学問（帝王、治者としての学問）、第二は管弦《かんげん》（音楽）、和歌はその他の芸能のひとつとしてあげられていたが、元和《げんな》元年（1615）になると、江戸幕府より天皇および朝廷に仕える公家に「禁中《きんちゅう》 並《ならびに》 公家中諸法度《くげちゅうしょはっと》」が出され、その第一条で、天皇として行うべき「芸能」の中で、第一は学問、第二は和歌であり、これらの修学が最も大切なこととして規定された。藤田覚『光格天皇—自身を後にし天下万民を先とし—』（ミネルヴァ書房、二〇一八年）によれば、江戸時代の天皇にとって、身につける「芸能」のひとつとして『禁秘抄』に記され、また江戸幕府から学ぶことを義務づけられた和歌の修学は重要視されることとなり、「後水尾天皇は和歌をテコにして、朝廷における天皇の権威を回復強化し、朝廷・公家集団の秩序を再建した」という。天皇にとっての和歌は、単に文学的営為として存在するのではなく、むしろ古代から続く文化を継承し、社会の中でみずからの存在意義を示す制度として在ったといえる。

和歌が育《はぐく》む天皇としての在り方

大谷俊太「近世堂上和歌序説」によれば、後陽成《ごようぜい》天皇（1571～1617）を中心とする堂上《とうしょう》歌壇の公家歌人にとって、和歌は文学的営為というよりも、先ずは社会的な制度として存在し、歌道は自らの存在理由に深く関わるものであった。公家にとって和歌は必須の学問・教養であり、和歌を学び詠ずることが人格の涵養《かんよう》と重ね合わされたという（『和歌史の「近世」 道理と余情』ぺりかん社、二〇〇七年）。江戸初期にはすでに、天皇を中心とする宮廷歌壇において、和歌を学び、和歌を詠むという行為は、その歌人の人間としてのあり方をゆっくりと養い育てゆくことと重ねあわせて考えられていたのである。公家歌人が和歌を学び、詠むこと、また歌の師匠が弟子の和歌を読み、添削することは、歌人の人格を形成することに大きな力をもっていた。それは、天皇の場合も同様であった。

桃園《ももぞの》天皇の急逝によって、女性でありながら宝暦《ほうれき》十二年（1762）に践祚《せんそ》、翌年に即位した後桜町《ごさくらまち》天皇は、明和《めいわ》二年（1765）、御所伝受《ごしょでんじゅ》の第一段階である手仁遠波《てにをは》伝受を有栖川宮職仁《ありすがわのみやよりひと》親王より相伝された。二十六歳だった後桜町天皇は日記に「手仁遠波《てにをは》伝授する〳〵とすみ、かたじけなさいはむかたなし、女の身として伝授の事、近来まれなる事と思ふに、かたじけなくも又恐れ多きこと」（東山御文庫所蔵「後桜町院宸記《しんき》」明和《めいわ》二年九月四日）と、女の身でありながら伝受を相伝されることが稀であることを思い、ありがたくも恐れ多いと記している。御所伝受は、後水尾《ごみずのお》天皇以来、歴代の天皇に相伝されてきた宮廷の歌道秘伝であるが、後桜町天皇自身が記しているように、女性天皇が相伝されるのは歴史上、初めてのことであった。この後、三部抄《さんぶしょう》伝受・伊勢物語《いせものがたり》伝受・古今《こきん》伝受・一事《いちじ》伝受という五段階のすべてを相伝され御所伝受の保持者となった後桜町天皇は、御所伝受を次世代に継承し、上皇時代も含めて一六〇〇首に及ぶ御製を詠み、歌人の育成に情熱を注いだ。特に、後桜町天皇の甥である後《ご》桃園《ももぞの》天皇の急逝によって閑院宮家《かんいんのみやけ》から急遽皇位についた光格《こうかく》天皇には、懇切丁寧な和歌の添削を施した。

寛政《かんせい》十一年（1799）七月二十八日頃、「遣水《やりみず》」という題で光格天皇（二十九歳）が後桜町上皇（六十歳）に詠進した御製と上皇の勅点・批言が記された以下のような添削資料が東山《ひがしやま》御文庫《おぶんこ》に所蔵されている。

遣水《やりみず》

〽せき入《いる》るながれはあさきやり水もあけくれたえぬ心をぞみる

むすびつる名残よ袖に秋きてもあかず立よる庭のやり水

端《はし》。論語《ろんご》之《の》本文《ほんぶん》より候御心《そうろうみこころ》。

水ハ昼夜ノ分《わか》ちなくたえずながるゝ事、水ノごとく人も昼夜ノわかちなく道ヲ行《をこな》へよと、孔子ノ謂《いひ》しことを仰《おほせ》ノベノよし也。

（東山御文庫『後桜町天皇宸翰《しんかん》光格天皇御製御写』107-8-1）

後桜町上皇は、光格天皇の端《はし》（右端）の御製「せき入《いる》るながれはあさきやり水もあけくれたえぬ心をぞみる」（水をせきとめて導き入れる流れの浅い遣り水であっても、明けても暮れても絶えることなく流れ続けている、その心を見るのです）に対して「論語之本文《ろんごのほんぶん》より候御心《そうろうみこころ》。水ハ昼夜ノ分《わか》ちなくたえずながる、事、水ノごとく人も昼夜ノわかちなく道ヲ行《をこな》へよと孔子ノ謂《いひ》しことを仰《おほせ》ノベノよし也」（『論語』の本文を典拠とされて詠まれたのですね。水は昼夜の区別なく絶えず流れ続けますが、水のように、人も昼と夜の区別なく、絶えず「道を行いなさい」と孔子が述べたことを遣り水にたくして歌に述べられたのですね）と読み解いた上で合点《がってん》（合格点）を与えた。

後桜町上皇の的確な論評の上に合格点をもらった光格天皇は、感極まって後桜町上皇へ書簡を出し「仰之通《おおせのとおり》身《み》の欲《よく》なく、天下万民《てんかばんみん》をのみ慈悲仁恵《じひじんけい》に存候事《ぞんじそうろうこと》、人君《じんくん》なる物《もの》ノ第一《だいいち》ノおしへ、論語《ろんご》はじめあらゆる書物《しょもつ》に、皆々此道理《みなみなこのどうり》を書《かき》のべ候事《そうろうこと》、則仰《すなわちおおせ》ト少しもくひちがいなき事《こと》」（東山御文庫所蔵「後桜町天皇御封紙並光格天皇御消息等」107-8-33-10-1）（ご添削のお言葉の通りに、わが身の欲なく、天下万民をのみ慈《いつく》しみあわれむことが、「人君」たる者の第一の教えであることは、『論語』をはじめ、あらゆる書物に、この道理を書き述べてあることは、後桜町上皇さまのお言葉と少しも食い違いません）と記している。後桜町上皇は、伏原宣條《ふしはらのぶえだ》を召して『論語』を進講させるなど『論語』に通暁《つうぎょう》していたのだが、光格天皇の御製を読み解き、孔子の教えを引き合いに出しながら「人君」としての心構えが詠出されている点を見抜き、その批言《ひごん》とともに御製に合格点を与えたのである。天皇にとって歌を詠むという行為、また上皇にとって歌を添削するという行為が、新しい趣向を読み出だすといった技巧面の開拓のみではなく、光格天皇の「人君」（帝王）としてのあり方を養い育ててゆくことと重ねあわせられていたことが知られるのである。

宮廷における題詠歌の変容と御所伝受の終焉

公《おおやけ》の宮廷歌会は、題詠《だいえい》で行われた。題詠とは、あらかじめ決められた題によって歌を詠出する方法である。奈良時代の末頃から始まり、平安時代になるとそれが普通となり、その後、題の本意《ほんい》（題の本質や情趣、題に内在する美的本性）を正しく理解し、それを歌にいかに詠み込むかという可能性が追求されるようになった。時代が後になればなるほど、先人が遺した歌、遺された詠作手法や作意は膨大になるため、和歌の世界で何度も用いられてきたことばを用いながら、新たな趣向を工夫して詠出するのは容易なことではなかったが、勅撰《ちょくせん》和《わ》歌《か》集《しゅう》（天皇または上皇の命令により編集された和歌のアンソロジー。『古今和歌集』905年〜『新続古今和歌集』1439年の二十一代集）の編集が中世後期で終焉した後、近世になると類題集《るいだいしゅう》（和歌を題ごとに分類・編集した歌集。歌作の際に便利なため、初心者から習熟者まで歌人の座右に置かれて利用される）という題詠のための便利な参考書も次々に編集されるようになり、宮廷歌人たちは、同題で過去にどのような詠作手法があったのかということを念頭に置きながら、題に向かい、その本意を理解し、これまでにないような新たな趣向を詠み出だすべく、厳しい歌の修練を幕末まで行ってきた。宮廷歌会をリードする立場の天皇であれば、歴代の天皇がそうしてきたように題詠という手法を遵守して詠出するのは、なおさらのことであった。

ところが、国内外の問題が山積して江戸幕府が崩壊に向かい、「大政奉還」（1867）が五年後に迫っていた文久《ぶんきゅう》二年（1862）十月十八日、孝明《こうめい》天皇は、鴨《かも》神社に和歌を奉るための鴨社《かもしゃ》御法楽《ごほうらく》という宮廷歌会において、「寄忍草恋《しのぶくさによするこい》」という題で、「陸奥《みちのく》のしのぶもぢずり乱《みだ》るるは誰《たれ》ゆゑならず世《よ》を思《おも》ふから」（陸奥《みちのく》のしのぶもじずりの模様のように、私の心が思い乱れるのは、誰かのせいではないのだ。この世の中のことを思うからなのだ）という世の中の乱れ、国の乱れを憂う歌を詠んだ。本来であれば、「忍草《しのぶくさ》」（シダ植物の一種。ノキシノブ）にことよせて「恋」の歌を詠出しなければならないのに、「恋」ではない事柄を詠んだ、つまり題詠からはずれた歌を公の歌会で詠出したのである。この時、孝明天皇は三十二歳。国事に心労を重ねながらも歌道を後世に継続しようと努めたが、慶応《けいおう》二年（1866）、疱瘡《とうそう》により三十六歳で崩御《ほうぎょ》した。孝明天皇の崩御とともに御所伝受《ごしょでんじゅ》は終焉し、明治天皇の時代を迎えることとなる。父孝明天皇および宮廷歌人から歌の手ほどきを受けた明治天皇も題詠で歌の修練を積み、御歌会始《おうたかいはじめ》は題詠で行われたが、民間の歌人たちは、しだいに題詠という手法をとらずに自我意識を詠出するようになり、名称も和歌から短歌へと変化してゆくのである。

天皇の和歌の特徴――理想の国、祈りを詠む

最後に、天皇の和歌の特徴としてみられる御製の例をいくつか挙げてゆきたい。

次にあげるのは、享和《きょうわ》三年（1803）一月二十四日、内裏で行われた和歌御会始《わかごかいはじめ》に詠進された光格天皇の御製である。題は「禁中《きんちゅう》」（宮中、皇居）。この時、光格天皇は三十三歳。

百敷《ももしき》や三《みつ》の席《むしろ》の遊びこそおさまる国のすがたなるらめ（国会図書館所蔵『内裏和歌御会』）

「三《みつ》の席《むしろ》の遊び」とは、詩（漢詩）と和歌と管弦（音楽）の遊びのこと。宮中で、詩・和歌・管弦の遊びが行われていることこそが、よく治まっている国の姿なのだという。宮中で詩・和歌・管絃の遊びが行われている時代は、国がよく治まっている理想的な時代だと光格天皇が考えていたことが知られる。光格天皇は、『禁秘抄』や「禁中並公家中諸法度」に規定されていた学問、管弦《かんげん》、和歌に熱心に励み、周囲の廷臣たちにも奨励したが、例えば、寛政十年（1798）に内裏で行われた歌会は年間百回を超え（盛田帝子『近世雅文壇の研究』汲古書院、二〇一三年）、管弦の会は六十三回開かれており、天明七年（1787）には漢詩の会も行われていた（藤田覚『光格天皇—自身を後にし天下万民を先とし—』）。年始の和歌御会で、理想の国を詠出するのみでなく、その理想を実現するべく、みずからが先頭にたって「三席の遊び」を主導していた光格天皇の姿が見えてくる。同じく、光格天皇が寛政十二年（1800）一月二十四日の和歌御会始で詠進した御製に、国の民を思う歌がある。

蒼生《たみ》をおもふ袂《たもと》にあまるうれしさは国安《くにやす》きてふ幾千々《いくちぢ》の春（国会図書館所蔵『内裏和歌御会』）

「蒼生《たみ》」は人民のこと。人民を思う私の袂《たもと》につつみきれないほどの嬉しさは、日本の国が平穏無事に治まっているという何千年もの春を迎えられることだという。この時、光格天皇は三十歳。常に民のことを思い、その民の暮らす国の安寧を帝王として願う姿が彷彿とする。

次の歌は、明和六年（1769）四月、皇位について七度目の夏を迎えた後桜町天皇の御製である。

おろかなる心ながらに国民《くにたみ》のなほ安《やす》かれとおもふあけくれ（P76参照）

天皇としては未熟な心のままではあるが、国の人々がなお一層こころ安らかに、平穏無事でいられるようにと明けても暮れても思うことだという心中の思いが述べられている。また後桜町天皇には、以下のような御製もあった。

まもれなほ伊勢《いせ》の内外《うちと》の宮《みや》ばしら天つ日つぎの末ながき世を（P76参照）

伊勢大神宮の神よ、これまでに以上に守ってください。天照大神の系統を受け継ぐ天皇たちの皇位が遠い将来までずっと続く世を、と皇位継承の安泰を祈っている。弟である桃園《ももぞの》天皇が早世し継嗣である後桃園《ごももぞの》天皇が幼少であったことから、桃園天皇の姉である後桜町天皇が、急遽、即位することとなった経緯を思えば、後桜町天皇がこれから先の皇位継承の安泰を強く願う切実な思いが伝わってくる。後桜町天皇や光格天皇の御代は、たびたびの天皇の早世により皇位継承の問題が表面化してくることはあったが、対外的な面や国内の混乱はなかった。ところが、幕末の孝明天皇の時代になると、即位以来、激動期の国事に心労を重ね、十全に歌道に集中することもできず、歌に心情を吐露したものがしばしば見られるようになる。

さまざまに泣きみ笑ひみ語りあふも国を思ひつ民をおもふため（P92参照）

あれこれと泣いたり笑ったりして語りあうのも、この国を思い、国の民を思うためなのだ、という。崩御する二年前に詠まれたこの御製からは、天皇として主体的に思索し行動しようとする姿、国を思い、民を思う気持ち、悲哀などが「述懐」という題を通して、切実に迫ってくるのである。

近世後期から幕末にかけての天皇の御製に代表させたが、このように、国の民を思い、国の安寧を祈り、理想の国を詠むという歌が、天皇の歌としてしばしば見られるのである。

最後に

天皇の和歌は、民や国を思う祈りの歌、国の理想を詠んだ歌、皇位継承の安泰を祈る歌、皇室の歴史を見守ってきた宮廷の歌枕ともいえる南殿の桜を詠んだ歌など、歴代の天皇が詠んできた和歌の伝統を引き継ぎながら、時代の新たな局面に柔軟に応じつつ詠出されてきた。また、即位後はじめての和歌御会始では、その時代に天皇の地位を継承することへの自覚と覚悟が、伝統的な景物に託されつつ詠出されているという特徴もある。

紙面の関係で記すことができなかったが、本書はこれまでに発表された沢山の研究書の恩恵を受けている。記して深謝申しあげる次第である。

読書案内

『歴代天皇の御歌　初代から今上陛下まで二千首』　小田村寅二郎・小柳陽太郎共編　日本教文社、一九七三

『列聖全集』（同全集編纂会刊行、一九一七）等を資料とし、九十一名の天皇の、一九八八首を集成。コンパクトにまとまった歴代天皇和歌集として便利である。

『天皇たちの和歌』　谷知子　角川学芸出版（角川選書）　二〇〇八

「天皇と国家」、「天皇と制度」、「天皇と自然」、「民を愛する天皇」、「恋する天皇」の五章構成で、天皇の和歌を多角的に照らし出し、和歌から天皇と天皇制を考える試み。

『天皇と和歌　国見と儀礼の一五〇〇年』　鈴木健一　講談社（講談社選書メチエ）　二〇一七

序章で現代の皇室における和歌の機能について考察し、次いで古代から近代にいたるまで、歴史的に天皇の和歌を概観し、それぞれの時代における天皇の和歌の意味について考察する。

『天皇の歴史10』　渡部泰明・阿部泰郎・鈴木健一・松澤克行　講談社（講談社学術文庫）　二〇一八

『古今和歌集』を皮切りに五百年続いた勅撰の二十一代集を中心に、古代・中世の天皇の多様な和歌への取り組みを紹介した渡部泰明「天皇と和歌—勅撰和歌集の時代」を収録する。鈴木健一「近世の天皇と和歌」、松澤克行「近世の天皇と芸能」は、従来あまり知られていない近世天皇における和歌の意義を説いたものである。

【著者プロフィール】

盛田帝子（もりた・ていこ）

＊宮崎生
＊九州大学大学院文学研究科博士後期課程修了。博士（文学）
＊現在　大手前大学総合文化学部准教授
＊主要著書
『近世雅文壇の研究―光格天皇と賀茂季鷹を中心に―』（汲古書院、2013年）
『国立台湾大学図書館典蔵　賀茂季鷹『雲錦翁家集』』（国立台湾大学、2014年）
『文化史のなかの光格天皇　朝儀復興を支えた文芸ネットワーク』、（共編、勉誠出版、2018年）など。
＊本書は、ＪＳＰＳ科研費「幕末維新期における天皇歌壇を中心とする文芸ネットワークの研究」（17K02479）による研究成果の一部である。

天皇・親王の歌　　コレクション日本歌人選 077

2019年6月25日　初版第1刷発行

著者　盛田帝子

装幀　芦澤泰偉

発行者　池田圭子

発行所　笠間書院

〒101-0064　東京都千代田区神田猿楽町2-2-3

電話03-3295-1331 FAX03-3294-0996

NDC分類911.08

ISBN978-4-305-70917-2

本文組版：ステラ　印刷／製本：モリモト印刷

コレクション日本歌人選　第Ⅰ期～第Ⅲ期　全60冊！

第Ⅰ期　20冊　2011年（平23）2月配本開始

1	柿本人麻呂	かきのもとのひとまろ	高松寿夫
2	山上憶良	やまのうえのおくら	辰巳正明
3	小野小町	おののこまち	大塚英子
4	在原業平	ありわらのなりひら	中野方子
5	紀貫之	きのつらゆき	田中登
6	和泉式部	いずみしきぶ	高木和子
7	清少納言	せいしょうなごん	圷美奈子
8	源氏物語の和歌	げんじものがたりのわか	高野晴代
9	相模	さがみ	武田早苗
10	式子内親王	しょくしないしんのう（しきしないしんのう）	平井啓子
11	藤原定家	ふじわらていか（さだいえ）	村尾誠一
12	伏見院	ふしみいん	阿尾あすか
13	兼好法師	けんこうほうし	丸山陽子
14	戦国武将の歌		綿抜豊昭
15	良寛	りょうかん	佐々木隆
16	香川景樹	かがわかげき	岡本聡
17	北原白秋	きたはらはくしゅう	國生雅子
18	斎藤茂吉	さいとうもきち	小倉真理子
19	塚本邦雄	つかもとくにお	島内景二
20	辞世の歌		松村雄二

第Ⅱ期　20冊　2011年（平23）10月配本開始

21	額田王と初期万葉歌人	ぬかたのおおきみ しょきまんようかじん	梶川信行
22	東歌・防人歌	あずまうた さきもりうた	近藤信義
23	伊勢	いせ	中島輝賢
24	忠岑と躬恒	みぶのただみね おおしこうちのみつね	青木太朗
25	今様	いまよう	植木朝子
26	飛鳥井雅経と藤原秀能	まさつね ひでよし	稲葉美樹
27	藤原良経	ふじわらのよしつね（りょうけい）	小山順子
28	後鳥羽院	ごとばいん	吉野朋美
29	二条為氏と為世	にじょうためうじ ためよ	日比野浩信
30	永福門院	えいふくもんいん（ようふくもんいん）	小林守
31	頓阿	とんな（とんあ）	小林大輔
32	松永貞徳と烏丸光広	ていとく みつひろ	高梨素子
33	細川幽斎	ほそかわゆうさい	加藤弓枝
34	芭蕉	ばしょう	伊藤善隆
35	石川啄木	いしかわたくぼく	河野有時
36	正岡子規	まさおかしき	矢羽勝幸
37	漱石の俳句・漢詩		神山睦美
38	若山牧水	わかやまぼくすい	見尾久美恵
39	与謝野晶子	よさのあきこ	入江春行
40	寺山修司	てらやましゅうじ	葉名尻竜一

第Ⅲ期　20冊　2012年（平24）6月配本開始

41	大伴旅人	おおとものたびと	中嶋真也
42	大伴家持	おおとものやかもち	小野寛
43	菅原道真	すがわらみちざね	佐藤信一
44	紫式部	むらさきしきぶ	植田恭代
45	能因	のういん	高重久美
46	源俊頼	みなもとのとしより（しゅんらい）	高野瀬恵子
47	源平の武将歌人		上宇都ゆりほ
48	西行	さいぎょう	橋本美香
49	鴨長明と寂蓮	ちょうめい じゃくれん	小林一彦
50	俊成卿女と宮内卿	しゅんぜいきょうじょ くないきょう	近藤香
51	源実朝	みなもとのさねとも	三木麻子
52	藤原為家	ふじわらためいえ	佐藤恒雄
53	京極為兼	きょうごくためかね	石澤一志
54	正徹と心敬	しょうてつ しんけい	伊藤伸江
55	三条西実隆	さんじょうにし さねたか	豊田恵子
56	おもろさうし		島村幸一
57	木下長嘯子	きのした ちょうしょうし	大内瑞恵
58	本居宣長	もとおりのりなが	山下久夫
59	僧侶の歌	そうりょのうた	小池一行
60	アイヌ神謡ユーカラ		篠原昌彦

推薦する――「コレクション日本歌人選」

篠　弘

●伝統詩から学ぶ

啄木の『一握の砂』、牧水の『別離』、さらに白秋の『桐の花』、茂吉の『赤光』が出てから、百年を迎えようとしている。こうした近代の短歌は、人間を詠みうる詩形として復活してきた。しかし、実生活や実人生を詠むばかりではなかった。その基調に、己が風土を見つめ、豊穣な自然を描出するという、万葉以来の美意識が深く作用していたことを忘れてはならない。季節感に富んだ風物と心情との一体化が如実に試みられていた。

この企画の出発によって、若い詩歌人たちが、秀歌の魅力を知る絶好の機会となるであろう。また和歌の研究者も、その深処を解明するために実作を始められてほしい。そうした果敢なる挑戦をうながすものとなるにちがいない。多くの秀歌に遭遇しうる至福の企画である。

松岡正剛

●日本精神史の正体

和泉式部がひそんで塚本邦雄がさんざめく。道真がタテに歌って啄木がヨコに詠む。西行法師が往時を彷徨して寺山修司が現在を走る。実に痛快で切実な組み立てだ。こういう詩歌人のコレクションはなかった。待ちどおしい。

和歌・短歌というものは日本人の背骨であって、日本語の源泉である。日本の文学史そのものであって、日本精神史の正体なのである。そのへんのことはこのコレクションのすぐれた解説を読まれるといい。

その一方で、和歌や短歌には今日のメールやツイッターに通じる軽みや速さや愉快がある。たちまち手に取れるし、目に綾をつくってくれる。漢字・旧仮名・ルビを含めて、このショートメッセージの大群からそういう表情をぞんぶんにも楽しまれたい。

コレクション日本歌人選　第Ⅳ期

第Ⅳ期　20冊　2018年（平30）11月配本開始

61	高橋虫麻呂と山部赤人	たかはしのむしまろとやまべのあかひと	多田一臣
62	笠女郎	かさのいらつめ	遠藤宏
63	藤原俊成	ふじわらしゅんぜい	渡邉裕美子
64	室町小歌	むろまちこうた	小野恭靖
65	蕪村	ぶそん	揖斐高
66	樋口一葉	ひぐちいちよう	島内裕子
67	森鷗外	もりおうがい	今野寿美
68	会津八一	あいづやいち	村尾誠一
69	佐佐木信綱	ささきのぶつな	佐佐木頼綱
70	葛原妙子	くずはらたえこ	川野里子
71	佐藤佐太郎	さとうさたろう	大辻隆弘
72	前川佐美雄	まえかわさみお	楠見朋彦
73	春日井建	かすがいけん	水原紫苑
74	竹山広	たけやまひろし	島内景二
75	河野裕子	かわのゆうこ	永田淳
76	おみくじの歌	おみくじのうた	平野多恵
77	天皇・親王の歌	てんのう・しんのうのうた	盛田帝子
78	戦争の歌	せんそうのうた	松村正直
79	プロレタリア短歌	ぷろれたりあたんか	松澤俊二
80	酒の歌	さけのうた	松村雄二